ULLSTEI

Das Buch

Sechs junge Leute – drei Männer und drei Frauen – treffen sich im Gasthaus eines kleinen abgelegenen Dorfes. Sie sind einander nie zuvor begegnet und verbunden werden sie nur durch eine gemeinsame Hoffnung: auf sehr viel Geld. Denn sie sind der Einladung des exzentrischen Millionärs von Thun auf die Burg Crailsfelden gefolgt, sich um dessen Erbe zu bewerben. Wie der Ausleseprozess aussehen soll, wissen sie noch nicht. Doch noch bevor sie überhaupt auf der Burg angekommen sind, gibt es schon den ersten Toten …

Der Autor

Wolfgang Hohlbein, 1953 in Weimar geboren, zählt zu Deutschlands erfolgreichsten Autoren fantastischer Unterhaltung. Seine Bücher haben inzwischen eine Gesamtauflage von über acht Millionen erreicht.

Von Wolfgang Hohlbein sind in unserem Hause bereits erschienen:
Die Chronik der Unsterblichen 1. Am Abgrund
Die Chronik der Unsterblichen 2. Der Vampyr
Die Chronik der Unsterblichen 3. Der Todesstoß
Die Chronik der Unsterblichen 4. Der Untergang
Die Chronik der Unsterblichen 5. Die Wiederkehr

Wolfgang Hohlbein

Nemesis

Band 1:
Die Zeit vor Mitternacht

Roman

Ullstein

Besuchen Sie uns im Internet.
www.ullstein-taschenbuch.de

Umwelthinweis:
Dieses Buch wurde auf chlor- und
säurefreiem Papier gedruckt.

Ullstein Verlag
Ullstein ist ein Verlag der Ullstein Buchverlage GmbH, Berlin.
Originalausgabe
1. Auflage August 2004

Redaktion: Edigna Hackelsberger
Umschlaggestaltung: Thomas Jarzina, Köln
Titelabbildung: Die Artillerie
Gesetzt aus der Stempel Garamond
Satz: Pinkuin Satz und Datentechnik, Berlin
Druck und Bindearbeiten: Ebner & Spiegel, Ulm
Printed in Germany
ISBN 3-548-25878-6

Der Tag hatte beschissen angefangen, war kontinuierlich und unaufhaltsam schlimmer geworden, und ich hatte schon gewusst, dass er ein wirklich *böses* Ende nehmen würde, noch bevor dem Kerl auf der anderen Seite des Tanzsaales der Schädel wegflog und ich beinahe von einem fünfhundert Jahre alten Fallgatter gepfählt worden wäre.

Dabei war dieser Teil der Geschichte noch der, für den ich am wenigsten konnte. Alles andere …

Nun, an allem anderen war ich selbst schuld, ganz egal wie man es dreht oder wendet. Ich meine – niemand kann schließlich etwas dafür, wenn er ganz harmlos in eine Bahnhofshalle kommt und irgendeinem Typ auf der anderen Seite des Raums fliegt der Schädel auseinander wie ein fauler Halloween-Kürbis, in den die Nachbarskinder anstelle einer Kerze einen Feuerwerkskörper gesteckt haben, oder?

Aber an allem anderen war ich selbst schuld, ganz eindeutig.

Ich hatte mich (wieder einmal) wie ein Idiot benommen. Nicht dass das falsch verstanden wird – ich *bin* kein Idiot, jedenfalls kein schlimmerer als der allergrößte Teil meiner Mitmenschen, aber es gibt Tage, da bin ich wirklich gut darin, mich wie ein solcher zu benehmen, und dieser Tag gehörte ganz eindeutig dazu.

Es hatte damit begonnen, dass dieser verdammte

Wecker nicht geklingelt hatte – wobei der Wecker genau genommen kein Wecker war, sondern das Telefon auf dem Nachttisch in meinem Hotelzimmer: eines von diesen modernen Dingern, die außer Kaffee kochen so ziemlich alles können (mit ein bisschen Glück kann man damit sogar telefonieren) und an denen man die Weckzeit einstellen konnte – *wenn* man es konnte.

Ich hatte es eindeutig *nicht* gekonnt. Ich meinte mich düster zu erinnern, dass ich gestern Abend unten am Empfang Bescheid gegeben hatte, mich um sieben zu wecken – das Flugzeug ging um neun, also hatte ich noch genügend Zeit, zu duschen und in aller Ruhe zu frühstücken, bevor ich ins Taxi zum Flughafen steigen musste –, aber die Betonung liegt auf *meinte.*

Ich war mit dröhnenden Kopfschmerzen und einem Geschmack im Mund erwacht, als hätte ich die halbe Nacht auf einer alten Socke herumgekaut, und was mich geweckt hatte, das war nicht das Telefon und nicht der Concierge gewesen, sondern das unterlegte Lachen in der Comedy, die im Fernseher lief. Gottlob hatte ich den Apparat am vergangenen Abend laufen lassen, und das Hotel verfügte nicht über die Komfortgeräte, die sich nach einer voreingestellten Zeit abschalteten, wenn man nicht eine bestimmte Taste auf der Fernbedienung drückt. Ich erwachte, weil ich mich über das unechte Lachen und die Stimmen in meinem Zimmer ärgerte, und dann – nachdem ich verschlafen ein Auge geöffnet und auf die rote Digitalanzeige des Weckers geblinzelt hatte – erwachte ich ein zweites Mal mit dem Geschmack von purem Adrenalin auf der Zunge.

Zwanzig nach acht.

Ich hatte verschlafen!

Gottverdammt, dies war vielleicht der wichtigste Tag in den letzten zehn Jahren meines Lebens und ich hatte *verschlafen!*

So hastig, dass mir mein Kreislauf prompt den Stinkefinger zeigte und ich gerade noch den Arm ausstrecken konnte, um mich irgendwo festzuhalten, sprang ich auf, machte einen torkelnden Schritt und blieb einen Moment lang stehen, bis die bunten Lichter hinter meinen Lidern aufhörten, sich wie wild zu drehen, und mein Kreislauf allmählich in Schwung kam. Halb blind taumelte ich ins Bad, schaufelte mir zwei Hände voll eiskalten Wassers ins Gesicht und tappte keuchend zurück ins Zimmer. Ich hätte mich ohrfeigen können. Ich bin nicht einmal sicher, dass ich es nicht getan habe.

Ich hatte *verschlafen!* Großer Gott, ausgerechnet *heute!*

Der Panik nahe, sah ich mich nach meinen Kleidern um und blinzelte geschlagene fünf kostbare Sekunden verständnislos in die Runde, ehe ich an mir hinabsah und feststellte, dass ich mir am vergangenen Abend offensichtlich gar nicht erst die Mühe gemacht hatte, sie auszuziehen. Verflucht, wie betrunken war ich eigentlich gewesen? Ich erinnerte mich an zwei Bier – allerhöchstens drei –, die ich an der Hotelbar getrunken hatte, keinesfalls genug, um mir einen Filmriss zu bescheren; unter normalen Umständen nicht einmal genug, um den Alkohol überhaupt zu spüren.

Das musste dieser verdammte Jetlag sein. Drei Stunden Flug von L.A. nach Chicago, drei Stunden Wartezeit auf den Anschlussflug und dann noch einmal zehn Stunden in der Economy-Class, eingepfercht in einen Sitz, der so schmal war, dass er einem rechts und links die Rippen einquetschte und so dicht an der vorderen Reihe stand, dass ich den ganzen Flug über praktisch das Kinn auf den eigenen Knien hatte aufstützen können – und das alles nur, weil ich ja *ach so clever* gewesen war und das First-Class-Ticket gegen eines der Touristenklasse eingetauscht hatte, um die Differenz einzustreichen. Man muss ja schließlich sehen, wo man bleibt.

Habe ich schon erwähnt, dass ich mich manchmal wie ein kompletter Idiot benehme?

Ich sah auf die Uhr und bekam einen neuerlichen, noch schlimmeren Schrecken. Die Zeiger hatten einen regelrechten Satz gemacht, seit ich aufgesprungen und ins Bad getorkelt war. So hastig, dass ich mich in meinen eigenen Fingern verhedderte und vermutlich mehr Zeit brauchte, als hätte ich es in Ruhe getan, raffte ich meine Habseligkeiten zusammen, stopfte sie in die große Reisetasche, die mein gesamtes Gepäck für diesen Überseetrip darstellte, und rannte aus dem Hotelzimmer. Dabei fiel ich fast über ein Zimmermädchen, das einen großen Wagen voller Bettwäsche und Kunststoffflaschen voller Reinigungsmittel vor sich herschob und mich aus aufgerissenen Augen anstarrte, als wäre ich ein Gespenst.

Vermutlich sah ich aus, als wäre ich gerade aus einer Mülltonne gekrochen – ungewaschen, nicht rasiert, mit ungekämmten Haaren und Kleidern, die nicht nur so *aussahen*, als hätte ich darin geschlafen –, aber wen störte das? Ich würde nie wieder in dieses Hotel kommen und die Leute hier waren wahrscheinlich sowieso Kummer gewohnt.

Der Aufzug bewegte sich so langsam nach unten, als wären die Tragseile festgeklebt. Unten angekommen, quetschte ich mich durch den Spalt der quälend langsam aufgleitenden Tür, durchquerte die marmorgeflieste Eingangshalle und beantwortete den strafenden Blick des livrierten Pinguins hinter dem Empfang, indem ich schwungvoll meine Reisetasche über die linke Schulter warf – mit dem Ergebnis, dass ich prompt mit dem Ding in der Drehtür stecken blieb.

Ich sah nicht einmal in die Richtung, aber ich konnte förmlich hören, wie eine steile Falte zwischen seinen sorgsam gezupften Augenbrauen erschien. Vermutlich machte er sich angesichts des in so offensichtlicher Hast davoneilenden Gastes Sorgen um die Rechnung – zu Recht. Sollte doch diese vermaledeite Kanzlei Flemming & Sohn dafür aufkommen. Mittlerweile wirklich im Laufschritt, eilte ich auf das erstbeste Taxi zu, warf meine Reisetasche auf den Rücksitz und hechtete so nervös hinterher, dass ich mir fast den Kopf am Türholm anstieß.

Immerhin begriff der Fahrer, dass ich es eilig hatte, denn er ließ den Motor an, noch bevor ich mich ganz aufgerichtet und die Tür hinter mir zugeknallt hatte, und ein Trinkgeld, das eindeutig großzügiger ausfiel, als ich mir im Grunde genommen leisten konnte, brachte ihn dazu, die Innenstadt in Rekordzeit zu durchqueren.

Wir kamen auf die Sekunde pünktlich am Flughafen an, damit ich zusehen konnte, wie das Gate geschlossen wurde und die Maschine zur Startbahn rollte. Mein Anschlussflug war weg.

Das war der Morgen.

Den Rest des Vor- und den größten Teil des Nachmittags verbrachte ich stehend im Gang eines hoffnungslos überfüllten Intercitys – vormittags in der Gesellschaft einer grölenden Bande von Hooligans, die fast nahtlos von einer (etwas, nicht viel) disziplinierteren Horde Wehrpflichtiger abgelöst wurde, die aus irgendeinem Grund in Kompaniestärke in den Zug stiegen und sich offensichtlich auf dem Weg ins Wochenende befanden. Mit einer Reservierung hätte ich Anspruch auf einen Sitzplatz gehabt, und ich war sowohl körperlich als auch seelisch durchaus in der Verfassung, einen Schaffner zu rufen und auf dieses Recht zu pochen – oder wäre es gewesen, hätte ich eine solche gehabt. Der Fahrkartenverkäufer hatte mich danach gefragt, aber die zusätzliche Fahrkarte hatte bereits einen guten Teil meines Bargeldes aufgezehrt, und ich hatte dankend abgelehnt, um den Fünfer zu sparen.

Habe ich schon erwähnt, dass ich mich manchmal wie ein kompletter …?

Ja, habe ich.

Zwei weitere Stunden vergingen mit einer Odyssee aufeinander folgender S-, U- und Straßenbahnfahrten, die mich letztendlich nicht *ganz* zum Ausgangspunkt zurückbrachte, aber auch nicht sehr weit davon weg. Irgendwann siegte dann sogar bei mir die Vernunft und ich investierte den Rest meiner arg zusammengeschmolzenen Barschaft, ging zum nächsten Taxistand und handelte mit dem Fahrer einen Pauschalpreis für die Fahrt nach Crailsfelden aus.

Der Blick, mit dem er mich maß, als ich ihm mein Fahrtziel nannte, hätte mich warnen müssen.

Die Fahrt dauerte eine gute Stunde. Crailsfelden war – auf der Landkarte – nicht einmal sonderlich weit entfernt, aber *nicht einmal sonderlich weit* auf einer Landkarte kann das genaue Gegenteil auf der Straße bedeuten, vor allem, wenn der Weg nur ein kurzes Stück über die Autobahn führte, dann ein kaum nennenswert längeres über eine Landstraße und schließlich über Straßen, die diesen Namen nicht wirklich verdienten. Nicht dass ich die Fahrt nicht genoss; sie führte durch eine wirklich malerische Landschaft, und nach dem hektischen Tag, der hinter mir lag, tat es außerordentlich gut, einfach entspannt im gepolsterten Sitz des Mercedes zu lümmeln und der leisen Musik aus dem Autoradio zu lauschen. Der Fahrer war nicht an einer Unterhaltung interessiert, was mir im Moment aber nur recht war, maß mich aber ab und zu mit einem sonderbaren Seitenblick, immer dann, wenn er wahrscheinlich glaubte, ich merke es nicht.

Auf halber Strecke begann es dunkel zu werden und die nahezu lautlos vorübergleitenden Bäume verwandelten sich in massive schwarze Mauern, die die Straße zu einem unbeleuchteten Tunnel zu machen schienen, der direkt ins Nirgendwo führte.

Nun, zumindest der Reaktion des Taxifahrers nach zu schließen lag mein Ziel ja auch nicht allzu weit davon entfernt. Und was erwartete ich? Die junge Frau, die mich im Auftrag der Kanzlei Flemming & Sohn ein paar Mal angerufen hatte, hatte keinen Hehl daraus gemacht, dass Crailsfelden eine abgeschiedene kleine Ortschaft war.

Der berühmte Ort, an dem sich Fuchs und Hase Gute Nacht sagten.

Der Fahrer brach sein beharrliches Schweigen erst, als wir uns unserem Ziel näherten – nicht um mit mir zu reden, sondern um dem Autoradio einen ärgerlichen Blick zuzuwerfen und es dann mit einer geknurrten Bemerkung, die ich lieber nicht verstand, und einer übertrieben kraftvollen Bewegung abzuschalten. Seit ein paar Minuten war der Empfang immer schlechter geworden; jetzt drang nur noch Rauschen aus den Lautsprechern, und die Leuchtanzeigen vollführten einen wahren Veitstanz, als die Elektronik ebenso tapfer wie vergeblich versuchte, einen neuen Sender zu finden.

»Kaputt?«, fragte ich, nicht weil es mich wirklich interessierte, sondern nur aus reiner Höflichkeit und weil ich das Gefühl hatte, dass er irgendeine Art von Reaktion von mir erwartete.

»Nein«, antwortete der Taxifahrer und zog eine Grimasse. »Das liegt an der Gegend. Ist hier immer so.«

»Der Radioempfang?«

»Alles«, erwiderte der Fahrer. »Radio, Fernsehen, Satelliten-TV, GPS, Handys ...« Er deutete ein Achselzucken an und schaltete in einen niedrigeren Gang, ehe er weitersprach. »Hier funktioniert so gut wie nichts. Muss wohl so eine Art Superfunkloch sein.«

Ich warf ihm einen schrägen Blick zu, unterdrückte ein Seufzen und revidierte meine ohnehin höchst vage Vorstellung von Crailsfelden in Gedanken ein weiteres Mal. Fuchs und Hase sagten sich hier eindeutig *nicht* Gute Nacht.

So weit waren sie noch nicht vorgedrungen.

Der Wagen quälte sich in einem immer noch viel zu hohen Gang eine Steigung hinauf, folgte einer jähen Straßenbiegung, und die grellen Lichtfinger der voll aufgeblendeten Scheinwerfer stachen für einen Moment ins Leere. Vor uns fiel die Straße in ebenso steilem Winkel wieder ab, wie sie bisher angestiegen war, allerdings nicht mehr in willkürlichen Kehren und Wendungen, sondern so schnurgerade wie mit einem Lineal gezogen. Auch diese Seite des Hanges war mit dichtem Wald bedeckt, der in der fast mondlosen Nacht wie eine einzige kompakte Masse wirkte, aber zumindest hatte man von hier aus einen perfekten Blick auf das gesamte dahinter liegende Tal. Und auf Crailsfelden.

Was für ein Kaff!

Das war das Erste, was mir durch den Kopf schoss, als ich den Ort sah, in dem ich die nächsten drei Monate meines Lebens zuzubringen gedachte, um als fünffacher Millionär wie Phönix aus der Asche wieder emporzusteigen. *Was für ein Kaff!*

Dabei war im Moment gar nicht viel zu sehen – aber ich hatte plötzlich das ungute Gefühl, dass das weniger an den schlechten Lichtverhältnissen lag, sondern vielmehr daran, dass es einfach nicht viel zu sehen *gab.*

Crailsfelden lag in einem nahezu perfekt kreisrunden Talkessel, dessen Hänge von dichtem Wald bestanden waren, so weit man nur sehen konnte. Der Ort selbst konnte kaum mehr als zweieinhalb oder drei Kilometer Durchmesser haben und war, soweit ich das erkennen konnte, ebenfalls nahezu kreisrund angelegt, und an seinem linken Rand ragte eine Art Hügel empor, auf dem sich ein dunkles und sonderbar kantig wirkendes Gebilde erhob; ein außergewöhnlich großes Haus, eine kleine Burg, ein Aussichtsturm – ich war auf reine Mutmaßungen angewiesen, denn das Gebäude war nicht beleuchtet. Was nahezu für die gesamte Stadt galt. Falls es so einen Luxus wie Straßenlaternen gab, so waren sie nicht eingeschaltet, und auch in den meisten Gebäuden brannte kein

Licht. Der Mond war nur eine kaum fingerbreite Sichel, die kein nennenswertes Licht spendete, und der Himmel hatte sich seit unserer Abfahrt zunehmend bewölkt, sodass auch das Licht der wenigen Sterne nahezu vollkommen aufgesogen wurde.

Dennoch glaubte ich zu erkennen, dass die meisten Gebäude niedrig und irgendwie altertümlich aussahen – aber vielleicht bildete ich mir das auch nur ein. Es war fast vollkommen dunkel, und wahrscheinlicher war wohl, dass meine Fantasie sich zusammenbastelte, was meine Augen nicht zu erkennen imstande waren. Nach allem, was ich erlebt und gehört hatte, *musste* Crailsfelden einfach eine mittelalterliche Stadt mit kleinen, schindelgedeckten Fachwerkhäusern, wuchtigen Türmen und einer fünf Meter hohen Stadtmauer aus moosbewachsenen Quadern sein.

Ganz unpassend zu diesem Eindruck war das erste Gebäude, an dem wir vorüberkamen, eine Tankstelle.

Sowohl die Leuchtreklame als auch die Lichter hinter der großen Scheibe des Tankwarthäuschens waren abgeschaltet, aber ich erhaschte einen flüchtigen Eindruck von wuchtigen Tanksäulen, die ganz bestimmt nicht über einen Eingabeschlitz für Kreditkarten und *schon gar nicht* über eine moderne Elektronik verfügten, die schädliche Restgase aus den Zapfhähnen absaugte. Das Gebäude dahinter war jedoch *tatsächlich* ein Fachwerkhaus, das allerdings zweieinhalb Stockwerke hoch war, nicht eines. Außerdem stand auf dem Dach eine anderthalb Meter durchmessende Satellitenschüssel. So viel zu der Behauptung meines Chauffeurs, es gebe hier weder Fernseher noch Handys.

Darüber hinaus jedoch schien sein Urteil über Crailsfelden der Wahrheit unangenehm nahe zu kommen. Der Wagen wurde langsamer, als wir uns dem Zentrum näherten und schließlich von der Hauptstraße in eine der wenigen Seitenstraßen einbogen, aber ich sah nur sehr wenige Menschen, obwohl es eigentlich noch nicht sehr spät war. Die wenigen Crailsfeldener, die sich trotzdem aus den Häusern gewagt hatten, schienen sich schnell und geduckt zu bewegen, als wären sie auf der Flucht.

Vielleicht mochte man hier aber auch einfach keine Fremden.

Und letztendlich war es mir auch egal. Meinetwegen konnte Crailsfelden buchstäblich hinter dem Mond liegen und von geklonten Nachkommen des Glöckners von Notre-Dame bevölkert sein – ich würde meine zwölf Wochen hier abreißen und als gemachter Mann nach Hause zurückkehren.

Der Gedanke hatte etwas tiefsinnig Komisches, fand ich. Ich war als Deutscher nach Amerika gegangen, um dort mein Glück zu machen – die übliche Geschichte. Vom Tellerwäscher zum Millionär. Wobei ich den Teil mit dem Tellerwäscher ziemlich gut hingekriegt hatte, irgendwo auf dem Weg zum anderen Ende dieses Mottos aber kläglich gescheitert war. Nun ging ich als Amerikaner nach Deutschland und würde als Millionär zurückkehren – und wahrscheinlich *just for fun* meinen eigenen Tellerwäscher einstellen, und sei es nur für eine Weile.

»Wir sind dann gleich da«, brummte der Taxifahrer. Ich sah irritiert nach vorne, begriff erst dann, was er *wirklich* meinte, und griff hastig in die Jacke, um meine Brieftasche hervorzuziehen und die vereinbarte Summe abzuzählen, was mir nicht besonders schwer fiel. Es war so ziemlich alles, was ich noch besaß. Der Wagen bog in eine weitere, noch schmalere Straße ein, wurde langsamer und hielt schließlich an, nachdem die Scheinwerferstrahlen kurz und geisterhaft über die Fassade eines schmucklosen Backsteingebäudes gestrichen waren. Ich bezahlte, stieg aus und nutzte die Zeit, die der Fahrer brauchte, um meine Reisetasche aus dem Kofferraum zu holen und sie mir missmutig vor die Füße zu knallen, um das Gebäude genauer in Augenschein zu nehmen.

Nicht dass es viel zu sehen gegeben hätte. Ein einfacher, anderthalbgeschossiger Bau aus rotbraunen Ziegeln, an denen der Kalk weiß ausblühte, blassgelbes Licht, das aus kleinen Sprossenfenstern fiel, und zahlreiche Dachgauben. Ein schlichtes Schild über der Tür verkündete den Namen des Gasthauses: *Zur Taube*.

»Sind Sie sicher, dass dies das richtige Gasthaus ist?«, erkundigte ich mich.

»Hundertprozentig«, antwortete der Taxifahrer. »Es gibt hier nur das eine. Viel Spaß auch.« Er grinste mich unverhohlen schadenfroh an, stieg in seinen Wagen und fuhr davon. Ich starrte ihm missmutig nach, dann ergriff ich mein Reisegepäck und stieg die drei ausgetretenen hölzernen Stufen zum Eingang empor.

Das Innere der *Taube* entsprach genau seinem Äußeren – rustikal; freundlich ausgedrückt. Es war eines jener einfachen Landgasthäuser, wie man sie eigentlich nur noch aus alten Spielfilmen in Technicolor kannte, nur ohne die Schönfärberei und nostalgische Verbrämtheit der Filme mit Theo Lingen und Heinz Rühmann. Das knappe halbe Dutzend

Tische war niedrig und ebenso grob zusammengezimmert wie die dazugehörigen Stühle. Nur einer der Tische war besetzt. Der Raum wurde von einer verwitterten mehrteiligen Schiebetür begrenzt, die ihn wahrscheinlich in das Crailsfeldener Äquivalent eines Tanzbodens verwandeln konnte, sobald man sie öffnete. Die Theke war von undefinierbarer Farbe und so zerschrammt, dass man wahrscheinlich nicht einmal ein Glas darauf absetzen konnte, ohne dass es wackelte. Das Regal dahinter war ebenso grob und zweckmäßig wie der Rest der Einrichtung, aber es gab auch den obligaten Glasschrank mit seinen gelben Butzenscheiben, hinter denen sich Zigarettenschachteln, Schokoriegel und Päckchen mit Spielkarten stapelten. Einzige Ausnahme in diesem fast perfekten Fünfzigerjahre-Ambiente stellte eine ultramoderne Ministereoanlage dar, die auf einem nachträglich angebrachten Glasboden unter der Vitrine stand, eingerahmt von zwei gleich großen Türmen aus CDs und Musikkassetten.

Und der Gastwirt der *Taube.*

Jedenfalls nahm ich an, dass es der Wirt war – wofür eindeutig die Tatsache sprach, dass er auf der anderen Seite der misshandelten Theke stand und Gläser mit einem karierten Trockentuch polierte, während er mich über den Rand seiner winzigen John-Lennon-Brille hinweg aufmerksam musterte. Passend dazu trug er verwaschene Jeans, die so eng geschnitten waren, dass eigentlich nur noch die Leuchtpfeile fehlten, die auf sein bestes Teil deuteten, und ein nicht allzu sauberes weißes Hemd mit Rüschenkragen und -manschetten. Seine Halbglatze wurde von langem graubraunen Haar eingerahmt, das im Nacken zu einem Pferdeschwanz zusammengebunden war. Wäre er dreißig Jahre jünger gewesen und hätte ebenso viele Kilo weniger gewogen, hätte ich ihn nicht einmal eines zweiten Blickes gewürdigt. Aber so hatte ich Mühe, ein Grinsen zu unterdrücken. Hier in Crailsfelden schien die Zeit wirklich stehen geblieben zu sein.

Aber immer noch besser ein übrig gebliebener Woodstock-Jünger als eine ganze Stadt voller Quasimodo-Klone.

»Hi!«, sagte ich mit einiger Verspätung. Der Alt-Hippie hörte auf, an seinem Glas herumzupolieren, und sah mich einen Moment lang verständnislos an, und ich erinnerte mich daran, wo ich war, und verbesserte mich hastig: »Guten Abend.«

»'n Abend«, antwortete der Wirt. Er starrte mich weiter mit unverhohlener Neugier an. Ich vermochte weniger denn je zu beurteilen, ob Fremde hier gerne gesehen waren oder nicht, aber sie wurden ganz offensichtlich nur *selten* gesehen.

»Mein Name ist Gorresberg«, sagte ich, zugegebenermaßen ein wenig unbeholfen. »Frank Gorresberg. Ich bin hier verabredet. Mit –«

»Sie suchen diesen Anwalt, wie?«, unterbrach mich der Alt-Hippie.

»Ja«, antwortete ich. Mir lag noch eine ganze Menge mehr auf der Zunge, aber ich sprach dann doch nicht weiter, sondern hob nur die Schultern und deutete ein Achselzucken an. Warum sollte ich eigentlich einem Wildfremden etwas erklären, was ihn nun *wirklich* nichts anging? »Ja, so könnte man es ausdrücken.«

»Hab ich mir gedacht«, antwortete der Wirt. »Hier sieht man selten jemanden von außerhalb, aber dafür werde ich ja heute Abend reichlich entschädigt.« Er grinste mich einen Moment lang Beifall heischend an, aber dann schien er zu begreifen, dass ich nicht die Absicht hatte, über diese dümmliche Bemerkung zu lachen, und machte eine Kopfbewegung in Richtung des einzigen besetzten Tisches in der Gaststube.

»Ihre Kollegen sitzen da drüben«, sagte er. »Etwas zu trinken?«

»Vielleicht später.« Ich ergriff meine Reisetasche fester, drehte mich auf dem Absatz herum und sah mich unversehens mit dem ganz und gar nicht angenehmen Gefühl konfrontiert, von einem halben Dutzend wildfremder Menschen ganz unverhohlen neugierig angestarrt zu werden.

Kollegen? Was für *Kollegen?*

Es war nicht ganz ein halbes Dutzend; um genau zu sein, war das halbe Dutzend nicht einmal dann voll, wenn ich mich selbst mitzählte, was ich ganz instinktiv schon getan hatte. Dennoch wusste ich ebenso instinktiv und sofort, wem ich gegenüberstand; und ich kam mir genau so instinktiv sofort unterlegen vor. Ein klassischer Fehlstart. Ich war blindlings und wie ein Trottel hier hereingestolpert, während sie in Ruhe beisammengesessen und mich einer ersten – und zweifellos nicht unbedingt wohlwollenden – Musterung unterzogen hatten.

An dem mit Brandflecken und zahllosen sich überschneidenden Gläserringen übersäten Tisch saßen zwei junge Frauen und zwei Männer. Die beiden Mädels waren vollkommen verschieden – die eine klein und ein wenig pummelig, aber hübsch, mit hellen, kurz geschnittenen Haaren und lustigen Augen, die andere schlank, eher der sportlich-athletische Typ, mit schulterlangen, glatten roten

Haaren und deutlich hübscher als die Pummelige, fast schon eine Schönheit. Sie wäre sogar ganz *eindeutig* eine Schönheit gewesen, hätte sie nicht eine fühlbare Kälte ausgestrahlt und hätte ich in ihrem Blick nicht eine Art von latenter Arroganz gelesen, die mich innerlich sofort auf Distanz gehen ließ. Die beiden waren so unterschiedlich, als hätte man sie ganz gezielt ausgesucht.

Aber das traf auf uns alle zu. Nach dem ersten Eindruck zu urteilen verband uns so wenig Gemeinsamkeit, dass ich kaum glauben konnte, mit dieser Sippschaft verwandt zu sein.

»Du musst Frank sein.«

Die Stimme des hellblonden Burschen, der genau auf der anderen Seite des Tisches saß, riss mich nicht nur jäh aus meinen Gedanken, sondern machte mir auch klar, dass ich die beiden Frauen mindestens zehn Sekunden lang unverblümt angestarrt hatte; und das, dem spöttischen Funkeln in den Augen Pummelchens nach zu urteilen, offenbar nicht mit dem intelligentesten aller Gesichtsausdrücke. Ich hoffte, dass ich zumindest nicht gesabbert hatte.

Ein wenig schuldbewusst wandte ich meine Konzentration dem Jungen zu, der mich angesprochen hatte. *Junge* war das erste Wort, das mir einfiel, als ich in sein Gesicht sah, obwohl er vermutlich höchstens ein Jahr jünger war als ich oder als der Vierte im Bunde, der neben ihm saß. Aber alles an ihm strahlte etwas Jungenhaftes aus, angefangen von dem welligen blonden Haar, das ihm fast bis auf die Schultern reichte, über das saloppe Jeanshemd und die dazu passenden Hosen bis hin zu den ausgelatschten Cowboystiefeln, die er trug – ich konnte sie sehen, obwohl er auf der anderen Seite des Tisches saß, denn er fläzte lang ausgestreckt in dem unbequemen Bauernstuhl und hatte die Beine zur Seite ausgestreckt, als warte er nur darauf, dass jemand kam und darüber stolperte, um in perfekter Slapstickmanier auf die Nase zu fallen. Was für eine lustige Vorstellung, haha! Und dieser Kerl sollte ein *Verwandter* von mir sein? Ich weigerte mich einfach, das zu glauben.

»Frank Gorresberg, das stimmt«, antwortete ich leicht verwirrt, während ich automatisch nach der Hand des Langhaarigen griff, die er mir über den Tisch hinweg entgegenstreckte. Wie er das Kunststück fertig brachte, dabei nicht aus dem Stuhl zu fallen, war mir ein Rätsel. »Aber woher ...?«

»Ed«, sagte mein langhaariges Gegenüber. »Eduard, um genau zu sein, aber ich ziehe Ed vor und jeder, den ich kenne, auch.«

Er schüttelte meine Hand kurz und kräftig, ließ sich wieder zurücksinken und deutete auf den blonden Riesen, der neben ihm saß und mich (so kam es mir vor) fast mitleidig musterte. Ich gönnte ihm nur einen ganz kurzen Blick. Ich hatte es nie mit diesen Muskelpaketen gehabt, und die logische Konsequenz daraus war, dass ich nicht unbedingt dazu tendierte, sie *fair* zu beurteilen. »Das ist Stefan. Ich bin Ed, und da wir nur drei Männer in der Gruppe sind, musst du Frank sein.« Er griente selbstzufrieden über diese logische Schlussfolgerung (was erwartete er – dass ich ihn mit offenem Mund anstarrte und dann vor Ehrfurcht auf die Knie sank, um ihn als würdigen Nachfolger von Sherlock Holmes auf Erden willkommen zu heißen?) und machte dann eine flatternde Handbewegung zu den beiden Frauen. »Judith und Ellen. Jetzt fehlt nur noch Maria, aber das ist wieder mal typisch Frau. Sie kommt zu spät … ihr Name war doch Maria, oder?«

Ich war nicht ganz sicher, wem die Frage galt oder ob er etwa eine Antwort auf seine Bemerkung über Frauen und Pünktlichkeit erwartete, und zog mich hastig aus der Affäre, indem ich auf meine Armbanduhr sah. Flemming hatte uns für acht hierher bestellt und bis dahin waren noch gute zehn Minuten Zeit. Ich war ein wenig überrascht – als ich hereingekommen war, wäre ich jede Wette eingegangen, dass es schon viel später wäre.

»Noch hat sie ein paar Minuten«, sagte ich – was mir einen kurzen, aber eindeutig freundlichen Blick von Pummelchen (*Judith*, wenn ich Eds wedelnde Handbewegung richtig interpretiert hatte – eigentlich hätte das viel besser zu der Rothaarigen gepasst; *nomen est* anscheinend doch nicht immer *omen*) einbrachte. Ed stieß einen anerkennenden Pfiff aus, während sein Blick über das schlichte Mattsilber meiner *Tissot* glitt.

»Das ist ja ein Prachtstück«, sagte er.

Ich beließ es bei einem Achselzucken und schüttelte den Jackenärmel wieder herunter. Ed hatte durchaus Recht. Die Uhr war das mit Abstand Wertvollste, was ich besaß (und übrigens je besessen *hatte*), und soweit es mich anging, konnte er daraus so viele falsche Schlüsse ziehen, wie er wollte. Ich hatte den Edelwecker vor zwei Jahren beim Pokern gewonnen; von irgendeinem armen Trottel, der das Spiel noch weniger beherrschte als ich und dem das Schicksal noch weniger wohlgesinnt war. Ich hätte die *Tissot* längst verkauft, aber ich hatte einfach noch niemanden gefunden, der bereit gewesen war, auch nur einen vernünftigen Bruchteil ihres Wertes zu bezahlen.

»Wenn ihr die anderen fünf – vier – seid«, fragte ich, »wo ist dann Flemming?«

»Ja, wo is' er denn?« Stefan grinste triumphierend. Sehr komisch! Er gab sich wirklich alle Mühe, meine Vorurteile gegen 100-Kilo-Muskelpakete mit streichholzkopfkurzen Haaren und nicht wesentlich höherer Stirn zu bestätigen.

Ed verdrehte die Augen (wohlweislich so, dass Stefan es nicht sah) und antwortete rasch: »Unser spendabler Wohltäter ist bereits da.« Er machte eine Kopfbewegung auf die Schiebetür. »Er wartet schon seit einer Stunde da drinnen. Er hat bisher zwei Kaffee, ein großes Bier und ein Stück Käsekuchen bestellt.«

»Apfelkuchen«, widersprach Judith. »Ich bin ziemlich sicher, es war Apfelkuchen.«

Was für ein kolossaler Unterschied! »Warum gehen wir dann nicht hinein?«, fragte ich.

»Weil Zerberus es nicht zulässt«, antwortete Ed mit einer entsprechenden Geste zum Wirt hin. »Er sagt, wir dürfen erst rein, wenn alle da sind.«

»Und wie will er uns daran hindern?«, fragte ich. »Vielleicht gewaltsam?«

Die Worte taten mir augenblicklich wieder Leid. Weder Ed noch einer der anderen antwortete darauf, aber natürlich sah ich die Reaktion auf ihren Gesichtern und in ihren Augen. Irgendein perverser selbstzerstörerischer Teil meines Egos schien es darauf angelegt zu haben, gleich im ersten Moment einen möglichst schlechten Eindruck zu hinterlassen. Und er machte seinen Job ziemlich gut.

Wenigstens einmal an diesem Tag hatte das

Schicksal ein Einsehen mit mir, denn in diesem Augenblick ging die Tür auf und eine junge Frau in einem einfarbigen Tweedkostüm und schweren Wanderschuhen betrat die *Taube.* Sie hatte blassblondes Haar, das zu etwas wie einer Unfrisur geschnitten war (ein besseres Wort dafür fiel mir nicht ein), und ihr altmodisches Kostüm war nicht nur viel zu dünn für die Jahreszeit, sondern trotz allem auch das mit Abstand Farbenfrohste an ihr. Wenn ich jemals eine Frau getroffen hatte, auf die die Bezeichnung *graue Maus* zutraf, dann sie.

»Guten Abend«, sagte sie, laut und gerade aufgesetzt selbstsicher genug, um auch wirklich *jedem* begreiflich zu machen, dass sie innerlich vor Nervosität fast starb. »Mein Name ist Gärtner, Maria Gärtner. Ich bin hier mit Herrn Flemming vom Anwaltsbüro Flemming & Sohn verabredet.«

Zerberus deutete nur mit einer Kopfbewegung auf den Tisch und polierte weiter an seinem Glas herum; wahrscheinlich war es immer noch dasselbe, an dem er schon herumgewienert hatte, als ich hereingekommen war.

»Die da warten auch auf ihn«, muffelte er. Anscheinend hatte er für Gäste, die nichts verzehrten, nicht besonders viel übrig.

Maria bedankte sich mit einem nervösen Kopfnicken und kam näher. Ihre schweren Wanderschuhe polterten auf dem Boden, und sie ging schräg gebeugt unter der Last des großen Koffers, den sie mit sich schleppte. *Nur die allernötigsten persönlichen Dinge*, hatte es in dem Brief geheißen, in dem die letzten Instruktionen standen. Maria Grauemaus schien demnach über eine mächtig große Persönlichkeit zu verfügen.

Ich wollte etwas sagen, aber Ed war schneller. Er sprang auf, eilte um den Tisch herum und streckte Maria die rechte Hand entgegen; mit der anderen nahm er ihr den schweren Koffer ab, allerdings nur, um ihn fast augenblicklich wieder zu Boden zu setzen und loszulassen.

»Du bist also Maria. Wir haben schon auf dich gewartet.« Er stellte nacheinander mich, sich selbst und die anderen vor (übrigens präzise mit den gleichen Worten, die er vorhin benutzt hatte; es klang noch immer salopp, aber nun auch eindeutig auswendig gelernt – was ihm bei mir ein paar weitere Minuspunkte einbrachte) und schnitt ihr mit einer wedelnden Geste das Wort ab, bevor sie auch nur versuchen konnte, es selbst zu ergreifen.

»Ich weiß, du platzt vor Neugier und dem Wunsch, uns alle besser kennen zu lernen und in dein großes Herz zu schließen, Liebling, aber das muss noch einen Moment warten. Wir haben eine Audienz beim König und wir wollen ihn doch nicht warten lassen, oder?«

Das war zu viel. Auf Marias Gesicht zeigte sich vollkommenes Unverständnis und ich drehte mich mit einer raschen Bewegung herum und steuerte die Schiebetür an. Eds Art begann mir bereits jetzt auf die Nerven zu gehen und dabei kannte ich ihn erst seit ein paar Minuten. Und mit diesem Typ musste ich demnächst meine Zeit verbringen? Das konnte ja noch heiter werden!

Ich war der Schiebetür am nächsten, und das war der einzige Grund, aus dem ich sie als Erster erreichte und weit genug aufschob, um hindurchzutreten.

Der Raum auf der anderen Seite sah genau so aus, wie ich ihn mir vorgestellt hatte, vielleicht sogar noch ein bisschen schlimmer. Es muss einen besonderen Ausbildungszweig an den Universitäten geben, in dem angehende Innenarchitekten darauf getrimmt werden, ein absolutes Maximum an Einfalls- und Geschmacklosigkeit zu entwickeln, wenn es darum geht, die Säle von Gaststätten zu entwerfen, und vor mir lag anscheinend die Examensarbeit eines wahren Champions. Der Saal war erstaunlich groß, mindestens zwanzig auf zwanzig Meter, wenn nicht mehr, und in ein langweiliges Schachbrettmuster aus Biertischen und billigen Stühlen unterteilt. Die Luft roch alt, nach abgestandenem Bier und Zigaretten und auch ein ganz kleines bisschen nach Erbrochenem, und kalte Neonleuchten unter der Decke setzten der abweisenden Atmosphäre die Krone auf. Die Fenster waren ausnahmslos mit schweren hölzernen Läden verschlossen, von denen die Farbe abblätterte, und am hinteren Ende des Raumes gab es eine hölzerne Empore, auf der bei irgendwelchen Festivitäten die übliche Zweimanngruppe spielte; ein drittklassiger Sänger mit einer Gitarre und die obligate Hammondorgel, die die Gäste (wenn sie Glück hatten) mit MIDI-Files berieselte.

Im Moment stand ein einfacher Holztisch darauf, hinter dem ein schlanker, noch überraschend junger Mann saß, der an einer Kaffeetasse nippte und mir ohne die geringste Spur von Überraschung entgegensah, obwohl ich mir nicht die Mühe gemacht hatte anzuklopfen, bevor ich die Tür aufriss. Flemming. Das musste Flemming sein, schon weil sich außer ihm niemand hier im Raum befand. Der Grund für seine mangelnde Überraschung lag wohl zu einem Gutteil in dem aufgeklappten Notebook auf der Tischplatte. Es war halb zur Seite gedreht, und ich hatte den Monitor immerhin gut genug im Blick, um zu erkennen, dass es an eine Videokamera angeschlossen sein musste, die den vorderen Gastraum übersah. Der Kerl hatte uns abgehört!

Ich machte einen weiteren Schritt, hörte, wie die anderen hinter mir den Saal betraten, und holte tief Luft, um ein paar klärende Worte loszuwerden. Flemming setzte hastig seine Kaffeetasse ab und stand auf. Anscheinend ließ der Ausdruck auf meinem Gesicht bezüglich meiner momentanen Stimmung keine großen Zweifel aufkommen. Flemming warf einen nervösen und eindeutig schuldbewussten Blick auf den Computer und entblödete sich nicht einmal, den Monitor hastig herunterzuklappen, gleichzeitig erhaschte ich noch einen flüchtigen Blick auf sein Gesicht. Seltsam, ich hatte jemand vollkommen anderen erwartet. Nach den Briefen, die ich bekommen hatte, und dem halben Dutzend Telefongesprächen war ich einfach davon ausgegangen, jemandem im dunklen Anzug gegenüberzustehen, grauhaarig und ein wenig distinguiert, aber zumindest mit weißem Hemd und Krawatte.

Flemming war das genaue Gegenteil.

Er war keinen Tag älter als ich, wahrscheinlich sogar etliche Jahre jünger, trug einen schwarzen Rollkragenpullover, weiße Jeans und Nike-Schuhe und sein Haar war noch um einiges voller als mein eigenes. Er war schlecht rasiert.

Über sein Gesicht kann ich nicht viel sagen. Er blickte von seinem Computer auf und setzte zu einem entschuldigenden Grinsen an und in der nächsten Sekunde explodierte zuerst sein Gesicht und dann sein Kopf in alle Richtungen.

Im ersten Moment erschrak ich nicht einmal

wirklich. Ich meine: *Natürlich* erschrak ich bis ins Innerste – wer nicht, an meiner Stelle? –, aber der Schock war vermutlich *so* gewaltig, dass ich in der allerersten Sekunde eigentlich gar nichts empfand; außer einer so vollkommenen Fassungslosigkeit, dass vielleicht einfach kein Platz mehr für irgendeine andere Empfindung blieb. Schließlich erlebt man nicht jeden Tag, dass einem Typ, der nichts Schlimmeres getan hatte als aufzustehen und einen Computer auszuschalten, in der nächsten Sekunde das Gesicht wegfliegt.

Wortwörtlich.

Ich bin mir bis heute nicht sicher, ob ich es wirklich gesehen habe oder ob mir meine Fantasie in diesem Moment einen üblen Streich gespielt hat, aber ich meinte ganz deutlich zu sehen, wie sich sein Gesicht aufblähte wie ein Luftballon, den jemand versehentlich an einen Hochleistungskompressor angeschlossen hat. Die Augen quollen aus den Höhlen, die Backen blähten sich wie bei einer dieser naiven Kinderbuchillustrationen aus den Fünfzigern (der Wind, der eine Wolke davonbläst) und die Lippen schienen sich wie zu einem höhnischen Grinsen zu verziehen; es hätte nur noch gefehlt, dass der explodierende Mund ein hämisches *Peng* ausgestoßen hätte. Für den Bruchteil einer Sekunde blickten die Augen in verschiedene Richtungen und zumindest in einem davon glaubte ich einen Ausdruck vollkommener und absoluter Verblüffung zu erkennen – keinen Schmerz, ganz bestimmt keinen Schmerz, dafür ging alles viel zu schnell –, und schließlich sträubte sich jedes einzelne Haar auf dem Schädel, wie bei einer Comicfigur, die die Finger in die Steckdose gesteckt hat.

Dann begann hinter mir eine der Frauen zu kreischen und das brach den Bann. Meine hysterische Fantasie kroch wieder in die Ecke zurück, in die sie gehörte, und die Wirklichkeit nahm die Stelle der grässlichen Halluzination ein.

Nicht dass die irgendwie *angenehmer* gewesen wäre.

Es ging unglaublich schnell, weniger als eine Sekunde, da bin ich mir sicher, aber eine Sekunde kann eine entsetzlich lange Zeit sein, vor allem, wenn man dasteht und sich zu bewegen versucht und der Körper beharrlich darauf besteht, dem normalen Zeitablauf zu folgen, statt auf Warp-Geschwindigkeit zu schalten, wie es meine Gedanken getan hatten. Flemmings Gesicht zerplatzte in kleine Fetzen und flog in alle Richtungen davon (ja, auch in *meine*), dann explodierte sein gesamter Schädel; obwohl ich nicht sicher bin, ob *explodieren* das richtige Wort ist. Es gab keinen Blitz, keine Flammen oder Rauch oder so etwas; sein Schädel löste sich einfach in seine Bestandteile auf, so schnell, dass von einem Sekundenbruchteil auf den anderen nur noch eine auseinander stiebende rosarote Wolke aus Haut und Knochensplittern und Blut oberhalb seines Halses war. Eines der davonfliegenden Augen schien mich vorwurfsvoll anzublicken, während es an mir vorbeisegelte, Knochensplitter schrammten wie die winzigen Kugeln eines Schrapnellgeschosses in die Tischplatte und stanzten ein unregelmäßiges Lochmuster in die Wand hinter ihm und der ganze Raum schien mit einem Male in Blut getaucht zu sein. Selbst das Licht wurde für einen Moment rot, und irgendwie brachte ich es endlich fertig, die Augen zu schließen, um dem furchtbaren Anblick zu entkommen.

Ein Fehler.

Ich sah es immer noch, schlimmer als zuvor. Meine Fantasie hatte sich keineswegs diskret zurückgezogen, und sie hatte auch nicht vor der Wirklichkeit kapituliert, sondern sich im Gegenteil mit ihr zusammengetan und lieferte mir mehr entsetzliche Einzelheiten, als es meine Augen je gekonnt hätten. Etwas Warmes klatschte in mein Gesicht und lief weich und klebrig an meiner Wange herab. Winzige, spitze Knochensplitter flogen wie gemeine Blasrohrgeschosse durch die Luft und eines davon bohrte sich in meinen linken Handrücken. Der Schmerz war nicht einmal sehr schlimm – ein Bienenstich tat eindeutig mehr weh –, aber das Bewusstsein, was mich da getroffen hatte, war beinahe mehr, als ich ertragen konnte. Flemming stand noch immer zehn Meter vor mir auf dem hölzernen Podest, absurderweise auch immer noch aufrecht und mit halb ausgestreckten Armen und leicht hin und her schwankend wie eine kopflose Vogelscheuche, die sich im Wind bewegt. Sein Schädel war verschwunden. Aus den zerfetzten Halsschlagadern sprudelte Blut wie aus einer gekappten Hauptwasserleitung, und irgendwelche Nervenstränge, die noch nicht kapiert hatten, dass sie keine Befehle mehr bekommen würden, sorgten dafür, dass die Arme nicht herunterfielen, sondern sich ganz im Gegenteil zitternd zu heben versuchten. Und dann …

… machte die kopflose Gestalt einen Schritt auf mich zu und hob die Hand, um damit auf mich zu deuten.

Und das war eindeutig zu viel. Ich weiß nicht, ob ich das Bewusstsein verlor – wahrscheinlich ist es gar nicht möglich, in Ohnmacht zu fallen und dabei aufrecht stehen zu bleiben, aber schließlich ist es auch ebenso unmöglich, dass eine kopflose Leiche noch einen Schritt tut und eine eindeutige *Ich-kriege-dich-schon-noch*-Geste in meine Richtung macht, oder? Mein Bewusstsein verabschiedete sich allerdings für einen Moment so vollkommen von meinen Gedanken, dass das Ergebnis dasselbe war. Gnädige Dunkelheit hüllte mich ein. Die Horrorbilder erloschen, und ich hatte das Gefühl, in einen boden- und lichtlosen Abgrund zu stürzen; ein Fall, an dem nichts Erschreckendes war, sondern den ich *begrüßte*, denn ganz egal was mich dort unten erwartete: Es konnte nicht so schlimm wie die Wirklichkeit sein.

Dann war auch diese Sekunde vorbei. Das Kreischen von mittlerweile mehr als einer Stimme riss mich in die Wirklichkeit zurück, Schritte polterten an mir vorbei, und jemand versetzte mir einen derben Stoß, der mich zur Seite und so unsanft gegen einen Tisch taumeln ließ, dass ich mit einem schmerzhaften Keuchen die Luft zwischen den Zähnen einsog und endlich die Augen öffnete. Ed und Stefan rannten auf den Tisch zu, hinter dem der kopflose Flemming stand, aber das Schicksal hatte zumindest jetzt ein wenig Mitleid mit mir – der Stoß hatte mich so herumgewirbelt, dass ich nicht mehr in Flemmings Richtung sah und auch die beiden nur noch aus den Augenwinkeln wahrnahm.

Natürlich war es Stefan gewesen, der mich zur Seite geschubst hatte. Er hätte ebenso gut an mir vorbeirennen können, aber er gehörte eben zu den Menschen, die andere lieber beiseite stoßen, statt ihnen aus dem Weg zu gehen. Trotz allem registrierte ich dieses winzige Vorkommnis sorgsam und schrieb Kurzstirn-Arnie einige weitere Minuspunkte gut. Hinter mir stürmten Ellen und Pummelchen heran, während Maria unter der halb aufgeschobenen Tür stehen geblieben war und ängstlich hereinblickte. Sie konnte unmöglich gesehen haben, was passiert war, aber ich vermutete, dass sie jedes ihr unbekannte Zimmer erst einmal von der Schwelle zögernd musterte, bevor sie sich hereintraute.

Ich weiß selbst nicht, warum – aber ich ließ Ellen an mir vorbeilaufen und streckte dann rasch die Hand aus, um Judith festzuhalten, die ihr dichtauf folgte. Zugleich versuchte ich, sie mit möglichst sanfter Gewalt so herumzudrehen, dass ihr der entsetzliche Anblick auf dem Podest erspart blieb.

»Was ...?«, fragte sie unwillig, während sie sich zugleich mit einer instinktiven Bewegung loszureißen versuchte. Sie war erstaunlich stark, aber auch ich verstärkte automatisch den Griff um ihr Handgelenk.

»Sieh nicht hin«, sagte ich rasch. »Bitte!« Ich hatte Mühe, die wenigen Worte halbwegs verständlich hervorzuwürgen. Die Hysterie flaute allmählich ab, aber dafür begann sich wühlende Übelkeit in meinen Eingeweiden breit zu machen. Ich war beinahe sicher, dass ich mich im nächsten Moment übergeben würde. Großer Gott, sein *Kopf* war explodiert! *Einfach so!*

Judith hörte tatsächlich auf, sich zu wehren, drehte aber dennoch sofort den Kopf und sah in die Richtung, in die Ed und Stefan gerannt waren. Als sie sich wieder zu mir herumdrehte, sah sie noch verwirrter aus als zuvor. Wahrscheinlich schirmten die beiden Möchtegernsamariter Flemmings kopflosen Leichnam vor ihren Blicken ab. Ich begann in Gedanken Wetten darauf abzuschließen, welcher von den beiden dem anderen zuerst auf die Schuhe kotzen würde.

»Was ist los?«, fragte Judith verwirrt. Eine schmale, Missbilligung ausdrückende Falte erschien zwischen ihren Brauen. Ihre Stimme wurde schärfer. »Was soll der Unsinn?!«

»Du solltest da wirklich nicht hinsehen«, sagte ich mühsam. »Das ist kein Anblick für dich, glaub mir.«

Mir wurde immer übler. Mein Magen war schon den halben Weg in meinen Hals hinaufgekrochen und sammelte gerade Kraft für den Endspurt. Bittere Galle begann unter meiner Zunge zusammenzulaufen.

Das schien Judith geradezu als Aufforderung zu verstehen, noch einmal zu Ed und Stefan hinüberzublicken, und als sie mich das nächste Mal ansah, wirkte sie nicht mehr verwirrt, sondern eindeutig *wütend.* Mit einem einzigen überraschenden Ruck riss sie ihre Hand los und drehte sich herum.

»Spinner!«, murmelte sie und stiefelte davon.

Ich ließ sie gehen. Ganz abgesehen davon, dass meine Knie so sehr zitterten, dass ich auf die Nase gefallen wäre, hätte ich versucht, auch nur einen einzigen Schritt zu tun. Wenn sie es nicht besser wollte, dann sollte sie eben kriegen, wonach sie verlangte. Schließlich war ich nicht ihr Kindermädchen.

Ich blickte kurz zu Ed, Stefan und Ellen hin – die drei hatten sich nebeneinander über Flemmings Leiche gebeugt, die mittlerweile wenigstens den Anstand aufgebracht hatte, umzufallen, sodass ich nur ihre gekrümmten Rücken sehen konnte – und wandte mich dann in die andere Richtung. Auch Maria war inzwischen hereingekommen, allerdings nur gerade weit genug, um einen Schritt zur Seite und damit Platz für den Wirt zu machen, der immer noch Glas und Spültuch in der Hand hielt, aber ebenfalls nicht ganz eintrat, sondern nur misstrauisch zu uns hereinlugte. Wahrscheinlich machte er sich mehr Sorgen um seine Einrichtung als um irgendetwas anderes. Der immer noch erschreckend große, hysterische Teil meiner Gedanken freute sich insgeheim bereits auf das Gesicht, das er machen würde, wenn er sah, was mit seiner kostbaren Tapete geschehen war.

»Was ist passiert?«, murmelte nun auch Maria. Selbst ihre Stimme klang jetzt irgendwie grau.

»Etwas Schreckliches«, antwortete ich. »Bleiben Sie draußen. Bitte!«

Bevor sie eine weitere Frage stellen konnte (was sie gar nicht vorhatte, denn ich sah aus den Augenwinkeln, wie sie herumfuhr und sich an Zerberus vorbeiquetschte, um fluchtartig aus dem Saal zu flitzen, ganz offensichtlich froh, dass ihr endlich jemand sagte, was sie zu tun hatte), atmete ich tief ein, raffte all meinen Mut zusammen und drehte mich herum.

Gerade zur rechten Zeit, um zu sehen, wie sich Ed aufrichtete und dabei eine komplizierte halbe Drehung vollführte, sodass er mir genau ins Gesicht sah. Er wirkte blass, aber eigentlich nicht besonders erschrocken – aber vermutlich saß der Schock bei ihm ebenso tief wie bei mir. Er würde wahrscheinlich noch ein paar Sekunden brauchen, um überhaupt zu begreifen, was er gesehen hatte.

Seine Stimme klang jedenfalls nicht besonders

schockiert, sondern eher wütend, als er mich anfuhr: »Verdammt noch mal, steht da nicht rum wie die Ölgötzen! Ruft einen Krankenwagen!«

»Einen *Krankenwagen?*« Selbst in meinen eigenen Ohren klang meine Stimme wie das hysterische Quieken einer alten Jungfer. *Einen Krankenwagen?* Wir brauchten hier keinen Krankenwagen mehr. Allerhöchstens die Straßenreinigung.

In Eds Augen blitzte es noch wütender, aber er gab den Versuch auf, weiter mit mir reden zu wollen. Er trat einen halben Schritt zur Seite und wandte sich mit einer befehlenden Geste an den Wirt. »Haben Sie nicht gehört? Wir brauchen einen Arzt, schnell!«

»Was'n passiert?«, nuschelte der Wirt. Er sah jetzt wirklich ein bisschen besorgt aus. Wahrscheinlich hatte er die Knochensplitter entdeckt, die in der Tischplatte steckten.

»Telefonieren Sie endlich!«

Ed schrie nicht wirklich, aber er schaffte es irgendwie, seine Stimme so *klingen* zu lassen, obwohl er sie nicht einmal hörbar hob. Und es wirkte. Der Wirt machte zwar ein beleidigtes Gesicht, drehte sich aber gehorsam herum und ging, und Ed warf mir noch einen verächtlichen Blick zu und wandte sich dann ebenfalls ab, um sich wieder über die Leiche zu beugen. Stefan und Ellen schirmten den Körper des Toten immer noch vor meinen Blicken ab, aber ich konnte sehen, dass sie irgendwie an ihm herumzufummeln schienen. Vielleicht versuchten sie ja, seinen Kehlkopf wieder dahin zurückzustopfen, wohin er gehörte. Nur Judith stand zwei Schritte daneben und blickte mit einer Mischung aus Schrecken und sanftem Interesse auf die entsetzliche Szene hinab. War ich hier eigentlich der Einzige, dessen Magen nicht aus Gusseisen bestand?

Nicht dass ich es wirklich wollte. Ganz im Gegenteil – ich bereute mittlerweile schon fast, überhaupt hierher gekommen zu sein, Euromillionen hin oder her –, aber meine Füße setzten sich plötzlich wie von selbst in Bewegung und trugen mich auf das Podest zu. Judith sah flüchtig in meine Richtung, runzelte die Stirn und blickte dann wieder interessiert nach unten, und sogar mein Magen begann sich einigermaßen zu beruhigen. Mir war noch immer übel, aber ich wusste ja nun, welcher Anblick mich erwarten würde, und versuchte mich innerlich dagegen zu wappnen. Vermutlich war es ohnehin besser, wenn ich mich der Realität stellte, statt es meiner Fantasie zu überlassen, sie sich auszumalen.

Dennoch wurden meine Schritte langsamer, je mehr ich mich dem Podest näherte. Meine Knie fühlten sich jetzt nicht mehr an, als wären sie aus Pudding, aber dafür begannen meine Hände immer heftiger zu zittern. Ich blieb stehen, bevor ich den letzten Schritt auf die Empore hinauf tun konnte, und versuchte über die Rücken der anderen hinweg einen Blick auf Details zu erhaschen, die ich weniger sehen wollte als irgendetwas anderes auf der Welt.

Ed sah hoch. Er sah immer noch verärgert aus, aber ich glaubte nun auch so etwas wie Verachtung in seinen Augen zu lesen. »Verstehst du was davon?«, knurrte er mich an.

»Wovon?« Ich klang schon wieder hysterisch, wie ich mir selbst eingestehen musste. *Von Vivisektion? Bestimmt nicht.*

»Von erster Hilfe, verdammt«, antwortete Ed.

Eduard. Ich beschloss, ihn in Zukunft nur noch *Eduard* zu nennen.

»Erster Hilfe …?« Ich machte einen weiteren halben Schritt und konnte jetzt Flemmings Schultern und den Rest seines Halses erkennen. Mein Herz hämmerte und der See aus bitterer Galle unter meiner Zunge begann überzulaufen. Ich musste immer schneller schlucken, wodurch ich der Übelkeit in meinem Magen natürlich nur noch neue Nahrung gab, und das im wortwörtlichen Sinne. »Ich glaube nicht, dass er noch erste Hilfe …«

Ed bewegte sich ein winziges Stückchen weiter zur Seite und ich schluckte den Rest des Satzes herunter und riss ungläubig die Augen auf.

Flemming lag in sonderbar verkrümmter Haltung auf dem Rücken. Er war so unglücklich auf den linken Arm gefallen, dass er ihn sich vermutlich gebrochen hatte, aber ich glaubte nicht, dass *das* im Moment sein Problem war. Seine weit offen stehenden Augen waren trüb und ohne eine Spur von Leben, und sein Mund sah aus, als hätte er noch versucht, etwas zu sagen, aber nicht mehr genügend Luft dazu bekommen. Seine Gesichtshaut war erstaunlicherweise nicht weiß, sondern schimmerte in einem kränklichen Blaugrau, und aus seiner Nase war ein einzelner Blutstropfen gelaufen, der eine gezackte Spur zu seinem Mundwinkel und dann zum Kinn hinuntergezogen hatte und bereits zu gerinnen begann.

Alles in allem war sein Gesicht aber nahezu unversehrt.

Es war nicht davongeflogen, und sein Kopf war auch nicht explodiert, sondern saß noch genau da, wo er hingehörte.

»Kein schöner Anblick, wie?« Eds Stimme klang plötzlich fast mitfühlend, und als ich verwirrt den Kopf wandte, war der Ausdruck von Verachtung in seinen Augen etwas Mitleidvollem gewichen, das mich beinahe noch mehr anwiderte.

Allerdings verschwendete ich keinen Gedanken darauf, sondern konzentrierte mich wieder auf Flemming. Der Anwalt war tot, das sah man auf den ersten Blick und jenseits allen Zweifels, aber er war eben nur *tot*, nicht explodiert und im gleichen Moment zum Zombie geworden.

»Ich fürchte, er hat Recht«, sagte Ellen seufzend. »Erste Hilfe bringt uns hier nicht weiter. Der Mann ist tot.«

»Woher willst du das wissen?«, fragte Ed. »Er kann genauso gut ...«

»Weil ich Ärztin bin«, unterbrach ihn Ellen. »*Daher* will ich das wissen.«

Ed blinzelte. Auch Stefan sah kurz und überrascht auf und musterte das bildschöne Gesicht der jungen Frau mit einer neuen Art von Blick und Judith deutete nur ein Achselzucken an. Nur ich starrte weiter auf den Toten hinab. Wieso war sein Kopf noch da? Ich konnte mir das doch nicht alles nur *eingebildet* haben. Ich hatte es *gesehen*, verdammt noch mal!

»Ärztin?«, vergewisserte sich Ed.

»Internistin, um ganz genau zu sein«, antwortete Ellen. Vielleicht war das auch die Erklärung für die Kälte in ihrer Stimme. Sie musste den Anblick von Toten gewohnt sein. Dennoch – etwas mehr Anteilnahme wäre in diesem Moment vielleicht doch angebracht gewesen.

»Das sieht mir ganz nach einem Aneurysma aus«,

fuhr sie fort. »Da kann man nichts machen. Er muss sofort tot gewesen sein. Ich glaube nicht, dass er überhaupt noch etwas gemerkt hat.«

»Aneurysma?«, erkundigte sich Judith. Ed, vermutete ich, wusste, was das war, während Stefan wahrscheinlich versuchte, das Wort in Gedanken langsam zu buchstabieren, um sich nicht allzu sehr zu blamieren, wenn er es aussprechen wollte.

»Eine geplatzte Ader im Gehirn«, erklärte Ellen. »So etwas kommt vor. Eine ziemlich heimtückische Geschichte, weil sie oft ohne die geringsten Beschwerden abläuft. Eine Stelle in der Venenwand wird dünn und der Druck darauf steigt ganz allmählich. Wenn die Patienten Glück haben, bekommen sie Kopfschmerzen, Sinnestrübungen, Ausfallerscheinungen …« Sie zuckte mit den Achseln. »Aber manchmal eben nicht. Irgendwann wird der Druck zu groß. Die Ader platzt … peng! Das ist ein bisschen so, als ob eine kleine Bombe direkt im Kopf explodiert. Es geht meistens sehr schnell.«

Ich sah mit einem Ruck hoch. *Was* hatte sie gesagt?

»Und das ist ihm passiert?«, fragte Ed.

Ellen schien meinen Blick zu spüren, denn sie drehte den Kopf und sah mich eine halbe Sekunde lang irritiert an, ehe sie sich mit einem neuerlichen Achselzucken wieder an Ed wandte und seine Frage beantwortete.

»Jedenfalls sieht es ganz danach aus. Endgültig festlegen kann ich mich natürlich nicht. Dafür ist der Notarzt zuständig. Vielleicht gehst du mal nachsehen, ob der Wirt schon angerufen hat. Ich meine, es ist nicht nötig, dass der Krankenwagen mit Blaulicht und quietschenden Reifen hier auftaucht.

Die Jungs riskieren ihren Hals weiß Gott oft genug, wenn es notwendig ist.«

Statt aufzustehen, drehte Ed nur den Kopf und warf mir einen auffordernden Blick zu, den ich aber geflissentlich ignorierte. Ich hatte genug damit zu tun, dazustehen und Flemmings Gesicht anzustarren. Ich hatte es *gesehen*, verdammt noch mal!

»Ja, das werde ich machen.« Ed klang eindeutig beleidigt. Er stand zwar auf und ging, warf mir aber im Vorbeigehen einen vernichtenden Blick zu, und ich trat vorsichtig einen halben Schritt näher und beugte mich weiter vor. Flemmings Gesicht blieb, wo es war.

Die bläuliche Farbe und die weit aufgerissenen Augen verzerrten den Eindruck natürlich, aber es musste zu Lebzeiten ein sehr sympathisches Gesicht gewesen sein, gut aussehend, fast hübsch, ohne dass es dadurch irgendwie an Männlichkeit einbüßte, und irgendwie wurde mir erst in diesem Moment klar, dass ich in das Gesicht eines *Toten* blickte. Ich richtete mich hastig wieder auf und drehte mich halb herum, um den Boden zwischen meinen Füßen anzustarren. Es war kein Blut darauf und in den abgewetzten Dielen steckten auch keine Knochensplitter.

»Wirklich kein schöner Anblick«, sagte Ellen. »Ich weiß. Das ist nichts für jeden.«

Hätte Stefan dasselbe gesagt, hätte ich ihm wahrscheinlich eine aufs Maul gegeben, ganz egal ob er mich hinterher auf die Größe eines Taschenbuches zusammenfaltete oder nicht, aber das Mitgefühl in Ellens Stimme klang so echt, dass ich einen flüchtigen Hauch von Dankbarkeit empfand und mit einem angedeuteten Nicken antwortete. Vielleicht hatte ich sie doch falsch eingeschätzt – wie so ziemlich jeden hier, mich eingeschlossen. Was ich für Kälte hielt, das war möglicherweise nur ein Schutzpanzer, den sich jeder zulegte, der in einem solchen Beruf arbeitete.

»Vielleicht gehen wir nach draußen und warten dort auf den Arzt«, schlug Ellen vor. »Hier können wir sowieso nichts mehr tun.«

Anscheinend war ich nicht der Einzige, der dankbar für diesen Vorschlag war, denn auch Stefan und Judith wandten sich eine Spur hastiger um als unter normalen Umständen üblich und traten von der Empore herunter. Ellen tat noch irgendetwas am Gesicht des Toten, was ich nicht genau erkennen konnte und wollte, und schloss sich uns dann an. Sie war die Letzte, die den Tanzsaal verließ. Judith wartete, bis sie an ihr vorbeigegangen war, und zog dann die Schiebetür vollständig hinter sich zu.

Ed stand hinter der Theke und telefonierte, während ein immer nervöser wirkender Wirt neben ihm von einem Bein auf das andere trat und vor Neugier wahrscheinlich gleich platzen würde. Maria hatte am gleichen Tisch Platz genommen, an dem wir alle zuvor gesessen hatten. Sie sah noch unglücklicher aus als bei ihrer Ankunft (und übrigens *kein bisschen* neugierig) und Stefan und Ellen steuerten ebenfalls auf den Tisch zu.

Ich wartete, bis sich Judith herumgedreht hatte und an mir vorbeiging, und streckte die Hand nach ihr aus, hütete mich aber, sie noch einmal anzufassen, als ich ihrem Blick begegnete. »Warte«, sagte ich leise.

Fast zu meiner Überraschung blieb sie tatsächlich stehen, allerdings deutlich außerhalb ihrer Fluchtdistanz, und der Blick, mit dem sie mich maß, war auch nicht unbedingt freundlich.

»Wegen gerade«, begann ich unbeholfen. »Ich … es tut mir Leid. Ich wollte nicht …«

Judiths Blick flackerte einen Moment lang und wurde dann weich. »Schon gut«, sagte sie. »Ich wäre wahrscheinlich genauso erschrocken wie du, wenn ich dabei … zugesehen hätte.« Sie hob die Schultern. »Vergessen wir's einfach, okay?«

Nein, es war ganz und gar nicht okay. Ich *wollte* es nicht einfach vergessen. Aus irgendeinem Grund lag mir viel daran, keinen schlechten Eindruck bei ihr zu hinterlassen, aber das konnte ich ja schlecht sagen. Also nickte ich. »Schwamm drüber.«

Wir gingen zum Tisch und setzten uns; Ellen und Stefan auf die gleichen Plätze, die sie schon vorhin innegehabt hatten, während sich Judith einen Stuhl vom Nebentisch heranzog und zwischen mir und Maria Platz nahm; aber mir war nicht ganz klar, ob sie nun nahe bei mir oder so weit von Stefan weg sitzen wollte, wie es ging.

»Ich glaube, ein Kaffee würde uns jetzt allen gut tun«, schlug Ellen vor. Sie hob die Hand und winkte dem Wirt zu und er reagierte mit einem zustimmenden Nicken. Nicht dass sie besonders laut gesprochen hätte.

»Und – Ed: Sie sollen die Polizei mitbringen.«

»Polizei?« Maria klang erschrocken.

»Das ist Vorschrift, wenn jemand außerhalb des Krankenhauses unerwartet stirbt«, sagte Ellen beruhigend. »Keine Bange. Wir müssen nur so lange hier bleiben, bis sie unsere Aussagen protokolliert haben. Reine Routine.«

»Ich wüsste auch nicht, wohin ich gehen sollte«,

murrte Stefan. Er sah missmutig in die Runde. »Hat einer von euch einen Vorschlag, was wir jetzt tun? Ich meine: Ohne Flemming sind wir ziemlich aufgeschmissen, oder?«

»Der Mann ist *tot*«, sagte Ellen stirnrunzelnd.

»Und er war der Einzige, der uns hätte sagen können, wie's jetzt weitergeht«, nörgelte Stefan.

»Ich glaube nicht, dass er ganz absichtlich gestorben ist, um uns zu ärgern«, sagte Judith. »Also halt die Klappe und bestell dir ein Bier. Irgendjemand wird hier schon auftauchen und uns sagen, wie es weitergeht.«

»Was ist mit dem Computer?« Ed hatte sein Telefonat beendet und kam näher, einen meiner Meinung nach ziemlich unangemessenen Ausdruck von Zufriedenheit auf dem Gesicht und ein frisch gezapftes Bier in der rechten Hand. Der Anblick ließ mir schier das Wasser im Mund zusammenlaufen. Fast explosiv hatte ich plötzlich einen regelrechten Heißhunger auf ein Bier. Aber dies war wahrscheinlich nicht der richtige Moment. Natürlich hatte Ellen Recht, und was jetzt kam, war reine Routine, aber wir hinterließen wahrscheinlich keinen wirklich guten Eindruck, wenn wir die Fragen der Beamten mit einer Bierfahne beantworteten.

Als niemand antwortete, zog sich Ed einen Stuhl heran und fuhr fort: »Flemmings Notebook. Es ist noch eingeschaltet. Wahrscheinlich steht da alles drin, was wir wissen wollen.« Er warf einen fragenden Blick in die Runde. »Versteht einer von euch was von Computern?«

»Ich.« Stefan stand auf und grinste verlegen. »Da hätte ich auch von selbst drauf kommen können.«

»Das wirst du schön bleiben lassen«, sagte Ellen.

Stefan blinzelte. »Wieso?«

»Wir sollten da drinnen lieber nichts anfassen«, antwortete Ellen, während sie ihm gleichzeitig mit einer wedelnden Handbewegung bedeutete, sich wieder zu setzen. »Die Polizei schätzt so etwas gar nicht, wisst ihr? Ich habe keine Lust, eine Menge ebenso überflüssiger wie dummer Fragen zu beantworten.«

»Fragen?« Judith kniff die Augenbrauen zusammen. »Wieso?«

»Weil es hier um eine Menge Geld geht, Schätzchen«, antwortete Ellen. »Und wenn einer von uns aus der Reihe tanzt, könnte das für uns alle das Aus bedeuten. Hast du schon mal daran gedacht?«

»Das Aus? Wieso?«

»Sie hat Recht«, pflichtete ihr Ed bei. »Schon vergessen, dass wir eben erst aus ganz verschiedenen Himmelsrichtungen angekommen sind? Wenn die Bullen dann noch spitzkriegen, dass es um jede Menge Kohle geht, stellen sie wer weiß was für Vermutungen an.«

»Ja – und?«, erkundigte sich Stefan. Meine linke Hand juckte. Ich kratzte beiläufig mit den Fingernägeln daran und sah aufmerksam in Ellens Gesicht. Im Moment fiel es mir ebenfalls schwer, ihrem Gedankengang zu folgen. Außerdem war sie irgendwie im gleichen Moment, in dem sie ihren Vortrag unter der blinkenden Überschrift *Hier tanzt mir keiner aus der Reihe* begonnen hatte, wieder zu der arroganten Zicke mutiert, für die ich sie schon im ersten Moment gehalten hatte.

»Wenn wir uns jetzt in den Computer hacken, dann macht uns das ganz automatisch verdächtig.«

»Verdächtig?« Stefan schüttelte verständnislos

den Kopf. »Aber was hat denn der Computer damit zu tun?«

Ellen verdrehte die Augen; so ungefähr, als hätte sie einem etwas begriffsstutzigen Neunjährigen gerade zum hundersten Mal das kleine Einmaleins zu erklären versucht, obwohl sie genau wusste, dass er es auch diesmal nicht begreifen würde.

»Wir sind sechs Wildfremde in einem abgelegenen Nest. Und dann stirbt plötzlich derjenige, der uns hier zusammengetrommelt hat, ohne uns zuvor über die Details der Einladung zu informieren. Was meinst du, was die Polizei davon hält, wenn wir nach dem Todesfall nichts Besseres zu tun haben, als das Notebook des Opfers zu fleddern – und dabei möglicherweise ein paar Daten zu kopieren oder zu manipulieren?«

Stefan starrte sie mit offenem Mund an. »Ach so«, murmelte er dann.

»Aber wir haben Flemming doch nicht umgebracht!«, begehrte Judith auf.

»Glaub mir einfach, Schätzchen«, seufzte Ellen. »Ich habe oft genug mit Polizisten zu tun. Ich weiß, wie sie denken. Wir sind hier, und der Mann, der uns alle reich machen wird – oder vielleicht auch nur einige von uns –, ist tot. Das macht uns ganz automatisch zu Verdächtigen. Wir können froh sein, wenn es uns nicht automatisch zu *überführten Verdächtigen* macht. Das Dümmste, was wir jetzt tun könnten, wäre, irgendetwas dort drinnen anzurühren.«

»O Mann!«, sagte Stefan. »Warum muss nur immer alles so kompliziert sein?«

Irgendwie habe ich ja gewusst, dass du das nicht schnallst, signalisierte Ellens Blick. Immerhin verkniff sie es sich, die Worte laut auszusprechen. Das war auch nicht nötig. Sie strahlte sie aus wie Judith das Aroma ihres billigen Parfums.

Ed setzte sich wieder und der Wirt kam mit einem Tablett voller Kaffeetassen und einem halb leeren Zuckerstreuer. Während er es scheppernd auf dem Tisch ablud, sagte Stefan: »Etwas Milch wäre nicht schlecht.«

»Kommt sofort«, knurrte Zerberus. »Und wo wir schon mal dabei sind, wer bezahlt das alles jetzt hier eigentlich?«

»Den *Kaffee?*«, krächzte Ellen.

»Den und alles andere«, antwortete der Wirt beleidigt. »Die Saalmiete und den Ausfall heute.«

»Ausfall?«

»Die *Taube* war den ganzen Tag über geschlossen«, antwortete der Wirt. »Extra für euch und diesen Anwalt. Oder glaubt ihr, dass hier immer so wenig los ist?«

Genau das hatte ich in der Tat angenommen, und den Reaktionen der anderen nach zu schließen, sie wohl auch. Irgendwie gelang es mir einfach nicht, die *Taube* mit der Vorstellung von brodelndem Leben und einer fröhlichen Stimmung in Einklang zu bringen.

»Das wird sich schon alles klären«, sagte Ellen schließlich. »Schlimmstenfalls werfen wir zusammen.«

Sie hatte zumindest Humor, das musste man ihr lassen. Alles, was ich *dazuwerfen* konnte, würde wahrscheinlich gerade ausreichen, um den Kaffee zu bezahlen. Dem Wirt jedenfalls schien diese Aussage zu genügen, denn er rang sich eine Grimasse ab, die er wahrscheinlich selbst für ein Lächeln hielt, und wollte gehen, aber Ellen hielt ihn noch einmal zurück.

»Wo wir schon einmal dabei sind: Wo finden wir die anderen?«

»Welche anderen?«

»Die Leute von der Anwaltskanzlei«, erklärte Ellen. »Die Mitarbeiter oder Kollegen von Flemming. Er war unser Ansprechpartner, verstehen Sie? Wir wissen nicht genau, mit wem wir jetzt reden sollen. Man hat uns hierher bestellt, aber leider ist uns sonst niemand von der Kanzlei namentlich bekannt.«

»Da geht es euch wie mir«, antwortete der Wirt. »Ich kenne auch nur diesen Flemming. Kam vor zwei Wochen das erste Mal her, um den Saal zu reservieren und eine Anzahlung dazulassen. Und dann heute Nachmittag wieder.« Er zuckte abermals mit den Schultern. »Sonst habe ich noch keinen von dieser Firma …?«

»Sozietät«, half ihm Ellen aus. »Das ist ein gewisser Unterschied.«

»Meinetwegen. Jedenfalls habe ich sonst niemanden von denen hier gesehen. Warum, glaubt ihr, habe ich gefragt, wer die Rechnung übernimmt?« Er wartete vergeblich darauf, dass irgendjemand seine Frage zum zweiten Mal beantwortete, zuckte schließlich noch einmal mit den Schultern und trollte sich endlich. Ellen blickte ihm kopfschüttelnd nach, während Ed sichtlich Mühe hatte, ein Grinsen zu unterdrücken.

»Das fängt ja gut an«, seufzte Pummelchen, nachdem wir wieder allein waren. *Judith*, verbesserte ich mich in Gedanken. Ich sollte aufhören, sie *Pummelchen* zu nennen (auch wenn sie es war), wenn ich nicht Gefahr laufen wollte, dass es mir irgendwann einmal laut herausrutschte. Außerdem war es unfair. Judith war nicht dick. Sie hatte Übergewicht, aber mit diesem Problem stand sie nun wirklich nicht allein da. Sie hatte einfach nur das Pech, dass sich ihre überzähligen Pfunde auf Stellen verteilten, an denen sie ganz besonders ins Auge fielen. Aber sie hatte ein offenes, sehr freundliches Gesicht, das diesen Makel mehr als wettmachte.

»Ein klassischer Fehlstart«, bestätigte Ed. Er warf einen schrägen Blick in meine Richtung, nippte an seinem Bier und prostete mir anschließend mit dem Glas zu. »Ich schlage vor, wir vergessen alles, was in der letzten halben Stunde passiert ist, und fangen noch mal von vorne an. Schließlich sind wir doch alle eine große glückliche Familie, oder? Also, falls ihr es vergessen haben solltet: Mein Name ist Ed. Eduard, wenn ihr's genau wissen wollt, aber dafür kann ich nichts. Meine Eltern müssen stoned gewesen sein, als sie sich den Namen ausgedacht haben.«

»Und vor allem total bekifft, als sie dich *gezeugt* haben«, dachte ich.

Wenigstens glaubte ich, es nur gedacht zu haben. Aber dann begegnete ich Judiths Blick und dem amüsierten Glitzern in ihren Augen und begriff, dass zumindest *sie* mich gehört haben musste (hoffentlich auch *nur* sie) und ihre Meinung über Ed sich mit meiner ziemlich zu decken schien. Ich deutete ein Grinsen und ein Schulterzucken an, griff hastig nach meinem Kaffee und nannte gehorsam meinen Namen, als die anderen sich auf Eds infantilen Vorschlag einließen. Ich glaubte nicht, dass dieses alberne Spielchen irgendetwas ändern würde, aber wenigstens würde es auch nicht schaden.

Meine Hand juckte wieder. Ich setzte die Kaffeetasse ab, streckte die Finger aus, um mich zu kratzen …

… und spürte so, wie ich erstarrte und mir alles Blut aus dem Gesicht wich.

»In einem hat er ja Recht«, sagte Judith. »Es *war* ein klassischer Fehlstart, also versuchen wir's noch mal. Ich denke, das ist …« Sie stockte. »Was ist los?«

Ich konnte genauso wenig antworten, wie es mir gelang, meinen Blick von meiner linken Hand zu lösen, aber ich spürte, wie mein Herz schon wieder zu hämmern begann.

Meine Hand hatte wieder zu zittern begonnen. Genau in der Lücke zwischen Mittel- und Ringfinger, dort, wo sich die feinen Handflächenknöchelchen vereinten, befand sich eine winzige rote Schwellung.

Eine Sekunde lang versuchte ich noch, mir einzureden, dass die Haut einfach rot war, weil ich mich in den letzten zwei oder drei Minuten ununterbrochen dort gekratzt hatte, und irgendwie stimmte das auch.

Aber nicht ganz.

Ich hatte mich gekratzt, weil die Haut dort juckte, und der Grund dieses Juckens war eine babyfingernagelgroße Schwellung, in deren Mitte sich ein winziger roter Punkt befand. Er war nicht größer als ein Bienenstich und schmerzte nicht einmal so sehr wie ein solcher, aber es *war* kein Bienenstich. In der Wunde steckte kein Stachel, und ein einzelner kleiner Blutstropfen war herausgequollen und zeichnete eine gezackte Spur bis zu meinem Handgelenk hinunter, wo er schließlich genug Substanz verloren hatte, um einfach aufzuhören.

Etwas hatte mich gestochen.

Vielleicht tatsächlich eine Biene. Oder der mikroskopisch kleine Pfeil eines zwergwüchsigen Pygmäen mit einem Miniaturblasrohr.

Oder vielleicht auch ein winziger Knochensplitter.

Es vergingen gute anderthalb Stunden, ohne dass ein Krankenwagen aufkreuzte, was mir selbst angesichts der isolierten Lage von Crailsfelden wie eine kleine Ewigkeit vorkam. *Keine* Stadt in diesem Land liegt anderthalb Stunden vom nächsten Krankenhaus entfernt – was nicht nur meine Vorurteile gegen Crailsfelden bestätigte, sondern in mir auch die Überzeugung festigte, dass es besser war, in diesem Kaff *keinen* Herzinfarkt oder irgendeine andere Krankheit zu bekommen, die rasche ärztliche Hilfe notwendig macht. Meine Hand juckte noch immer.

Stefan und Ed(uard) hatten eines der karierten Tischtücher aus dem Gastraum zweckentfremdet und über Flemmings Leichnam ausgebreitet, was ihnen einen geharnischten Protest des Wirtes einbrachte, der offensichtlich um sein kostbares Damast fürchtete, der aber auch sofort wieder verstummte, nachdem Stefan ihm einen drohenden Blick zugeworfen hatte. Anschließend hatten wir die Schiebetür sorgfältig geschlossen und uns wieder auf unsere Plätze zurückgezogen, um auf den Krankenwagen zu warten.

Der Rest war Routine, wie man so schön sagt. Nicht dass ich besonders viel Übung in solcherlei Dingen gehabt hätte. Die hatte – mit Ausnahme von Ellen vielleicht (*Dr. Ellen*, verbesserte ich mich in Gedanken, aber irgendwie machte sie mir das auch nicht wesentlich sympathischer) – keiner von uns. Aber schließlich hatten wir alle schon genug Krimis gesehen, um zu wissen, wie man sich in einer Situation wie dieser zu verhalten hat. Nicht weggehen, nichts anfassen, nichts verändern, bevor die Polizei, der Arzt, der Katastrophenschutz, eine Sonderabteilung der GSG 9, die Umweltschutzbehörde und eine Sturmtruppe der US Navy Seals eingetroffen waren. Mindestens.

Eine sonderbare und alles andere als angenehme Stimmung begann sich im Gastraum der *Taube* auszubreiten, während wir auf den Krankenwagen warteten, der immer noch nicht kam – und auch nicht kommen *sollte*, aber das wusste in diesem Moment ja noch niemand. Keiner von uns hatte Flemming persönlich gekannt; unsere Kontakte mit ihm hatten sich auf eine Hand voll Telefonate und zwei oder drei Briefe beschränkt, und allem Anschein nach war ich nicht der Einzige hier, der unserem unbekannten Wohltäter trotz allem auch eine gesunde Portion Misstrauen entgegengebracht hatte – was mich, ebenso wie die anderen, aber auch nicht daran gehindert hatte, sein Angebot letzten Endes ziemlich kritiklos anzunehmen. Menschen sind nun einmal gierig.

»Hat einer von euch eine Idee, was wir machen, wenn *niemand* auftaucht, um Flemming zu ersetzen?«, fragte Stefan, während er an seinem mittlerweile dritten Bier nippte. Der Blick seiner dunklen Augen, die vielleicht nicht ganz so stupide in die Welt hinaussahen, wie ich mir bisher eingeredet hatte, tastete dabei aufmerksam über unsere Gesichter, aber nicht auf eine Art, als suche er darin nach einer Antwort auf seine Frage. Vielmehr hatte ich das unangenehme Gefühl, von einem *Feind* gemustert zu werden, der nach einer Schwachstelle in meiner Verteidigung suchte. *Es geht schon los,* dachte ich. Obwohl es möglicherweise bereits vorbei war, bevor es überhaupt richtig angefangen hatte, begann die Feindseligkeit um sich zu greifen – es war ja auch irgendwie die klassische *Highlander*-Situation. *Es kann nur einen geben ...*

Ich musste über meinen eigenen Gedanken lächeln, was mir einen etwas deutlicher feindseligen Blick Stefans und ein fragendes Stirnrunzeln von Judith einbrachte. Ich würde niemals behaupten, dass ich der geborene Pazifist bin, aber seit ich an diesem gastlichen Ort eingetroffen war, begann sich eine militaristische Sprache in meinem Denken breit zu machen, die eigentlich gar nicht zu mir passte ...

Niemand hatte eine Idee (das heißt: Ich hatte schon die eine oder andere, aber keine davon gefiel mir auch nur selbst, und ich hatte das sichere Gefühl, dass die Fantasie meiner Mitstreiter durchaus ausreichte, um sich selbst genug schlechte Neuigkeiten auszumalen, also behielt ich meine Meinung lieber für mich). Aber ich war auch nicht besonders überrascht, dass es Ellen war, die sich schließlich an den Wirt wandte:

»Sie haben Gästezimmer hier, nehme ich an?«

Gästezimmer? Ich hoffte, dass sie mein unwillkürliches Zusammenzucken nicht zu deutlich bemerkte. Ich konnte mir kein Zimmer leisten. Nicht einmal einen Hühnerstall.

»Leider hab ich nicht genug *Einzel*zimmer«, antwortete Zerberus. Überflüssig zu sagen, dass sich bei diesen Worten die Andeutung eines anzüglichen Grienens auf seinem verlebten Gesicht breit zu machen begann. Statt jedoch irgendeine Zote hinzuzufügen – ich hätte in dieser Sekunde meine rechte Hand darauf verwettet, dass er ganz genau das tun würde –, schüttelte er den Kopf und fuhr fort: »Ist auch nicht nötig. Oben im Internat sind Zimmer für euch alle reserviert.«

»Internat?« Ich tauschte einen fragenden Blick mit Judith, den sie aber nur mit einem Achselzucken und einem Ausdruck irgendwie niedlicher Hilflosigkeit in den Augen beantwortete. Ein rascher Blick in die Runde zeigte mir, dass die anderen auch nicht unbedingt schlauer waren als wir.

»Das Kloster.« Zerberus machte eine vage Kopfbewegung in Richtung Tür. »Die Ruine oben auf dem Berg. Habt ihr sie nicht gesehen?« Ein allgemeines Kopfschütteln, abgesehen von Maria, die einfach nur dasselbe tat wie die ganze Zeit und stumm dasaß und an dem Kunststück arbeitete, gleichzeitig anwesend und zugleich irgendwie auch unsichtbar zu sein, und Zerberus fuhr fort: »War mal ein Kloster und bis vor ein paar Jahren eine teure Privatschule. Heute steht die Bude leer, aber ab und zu vermieten sie ein paar Zimmer.« Er starrte uns der Reihe nach und Beifall heischend an. Als die erwartete Lobeshymne nicht kam, fuhr er in leicht verschnupftem Ton fort: »Ich sollte euch sowieso hinbringen. Später, nachdem ihr mit Flemming gesprochen habt.«

»Das hat sich ja dann wohl erledigt«, nörgelte Ed.

»Wieso?«, fragte Stefan. »Ich meine: Willst du auf dem Fußboden schlafen? Oder draußen auf der Straße?«

»Wie kommen wir überhaupt von hier weg?«, fragte ich rasch, als ich das ärgerliche Aufblitzen in

Eds Augen bemerkte. Eduard war gut im Austeilen, aber nicht besonders humorvoll, wenn es ums Einstecken ging. Nicht dass ich ihm irgendetwas schuldig war, aber ein Streit war im Moment so ziemlich das Letzte, was wir noch brauchten, um den Tag endgültig zu krönen. »Ich nehme nicht an, dass es einen Bahnhof hier gibt, oder?«

»Morgen früh fährt ein Schulbus«, antwortete Zerberus. »Der nimmt euch mit, wenn ihr wollt. Darf er eigentlich nicht, aber ich kenne den Fahrer. Wenn ich ein gutes Wort für euch einlege, dann ...«

Das Klingeln des Telefons unterbrach ihn. Er hörte auf, an seinem Glas herumzuwienern – nicht dass er es aus der Hand legte; er packte nur Glas und Putzlappen mit einer Hand, wobei er mit dem Daumen in das Glas hineingriff und einen sichtbaren Fingerabdruck hinterließ –, griff mit der frei gewordenen Hand nach dem Telefonhörer und klemmte ihn sich zwischen Schulter und Ohr, um wieder beide Hände zum Gläserpolieren frei zu haben. Beiläufig nahm ich mir vor, Ellen einmal zu fragen, ob es eine Krankheit gibt, die es dem Betroffenen unmöglich macht, die Hände still zu halten.

»Ja?« Zerberus runzelte die Stirn, lauschte in den Hörer und sah dann in unsere Richtung, wobei ihm fast das Telefon zwischen Ohr und Schulter herausgerutscht wäre. All unsere Aufmerksamkeit richtete sich plötzlich auf ihn, während er fortfuhr, eine Molekülschicht nach der anderen von seinem Glas zu polieren und alle paar Sekunden auf die unhörbare Stimme am anderen Ende der Leitung zu antworten.

»Ja, die sind noch hier .... kein Problem ... nein, ganz klar ... ich richte es aus ... mache ich.«

»*Was* machen Sie?«, fragte Ellen, nachdem er eingehängt und sein Glas erneut mit beiden Händen ergriffen hatte.

Zerberus genoss es sichtlich, erst mal nicht zu antworten. Stattdessen stellte er das Glas mit einer fast zeremoniell wirkenden Geste auf die Theke vor sich, faltete das Tuch sorgsam zu einem Dreieck (das er dann achtlos hinter sich warf) und sah dann jeden Einzelnen von uns eine geschlagene Sekunde lang an, ehe er sich dazu herabließ, Ellens Frage zu beantworten. »Euer Problem hat sich erledigt, Freunde«, sagte er. »Wenigstens für heute Nacht.«

»Ach?« Ellen lächelte, aber in ihrer Stimme war ein neuer, nicht unbedingt duldsamer Unterton, den mit Ausnahme des übrig gebliebenen Woodstock-Veteranen wohl alle registrierten.

»Das war jemand von dieser Kanzlei«, fuhr Zerberus mit einer wedelnden Handbewegung auf das Telefon fort. »Ich soll euch zum Internat hochfahren. Die warten da anscheinend schon auf euch.«

»Die?«, fragte Ed.

»Wer hat angerufen?«, schoss Ellen hinterher.

»Keine Ahnung«, antwortete Zerberus – was anscheinend die Antwort auf *beide* Fragen war. »Ich soll euch jedenfalls gleich hinbringen.«

»Und was ist mit Flemming?«, fragte ich.

»Keine Ahnung«, sagte Zerberus noch einmal. »Ich soll euch nur ausrichten, dass ihr euch keine Sorgen zu machen braucht. Es wird alles geregelt.«

»Ich glaube nicht, dass die Polizei ...«, begann Ellen.

»Mit denen komme ich schon klar«, unterbrach sie Zerberus. »Und wenn sie noch Fragen haben, wissen wir ja, wo ihr seid.« Er wischte sich die

Handflächen an seinen schmierigen Jeans ab, womit er sie höchstens noch dreckiger machte, und kam mit albern aussehenden kleinen Schritten hinter der Theke hervor. »Ich hole den Wagen. Sucht schon mal eure Klamotten zusammen. Ich kann den Laden nicht ewig geschlossen lassen.«

Er wartete keine Antwort ab, sondern verschwand durch die Ausgangstür und ließ sechs ziemlich fassungslos dreinblickende potenzielle Millionäre zurück. Korrektur: *einen* zukünftigen Millionär und fünf vergeblich Hoffende, die noch nicht wussten, dass sie bereits auf die Verliererstraße eingeschwenkt waren.

»Jetzt verstehe ich überhaupt nichts mehr«, sagte Ed leise.

»Ich auch nicht«, gestand Stefan. »Aber in einem hat er Recht: Wenigstens brauchen wir uns keine Sorgen mehr zu machen. Ehrlich gesagt: Mir fällt ein Stein vom Herzen. Ich kenne nur diesen Flemming. Ohne ihn …«

»… wäre es schwierig geworden, wenn sich jetzt nicht doch noch jemand von der Kanzlei gemeldet hätte«, beendete ich seinen Satz. Er war nicht der Einzige, dem ein Stein vom Herzen fiel.

»Auf jeden Fall geht es weiter«, pflichtete mir Ellen bei.

»Ich will ja hier nicht den Moralapostel herauskehren«, mischte sich Maria ein. Ihre Stimme zitterte leicht, und sie senkte ganz instinktiv den Blick, als sich plötzlich aller Aufmerksamkeit auf sie richtete. Wenn ich jemals einen Menschen gesehen hatte, der Angst vor seiner eigenen Courage hatte, dann sie und in diesem Moment. Dennoch fuhr sie fort: »Aber habt ihr eigentlich ganz vergessen, dass der

Mann *tot* ist? Großer Gott, nebenan liegt ein *Toter*, und eure einzige Sorge ist, wo ihr schlafen sollt und wie es *weitergeht?!*«

Eine Sekunde lang machte sich betretenes Schweigen breit – aber ich hatte nicht das Gefühl, dass das unbedingt an dem lag, was Maria gesagt hatte. Vielmehr schienen alle (mich eingeschlossen) ein wenig verdutzt über den Umstand, dass sie *überhaupt* etwas gesagt hatte. Um ehrlich zu sein: Irgendwie hatte ich längst vergessen, dass sie da war.

»Das ... stimmt«, sagte Ellen schließlich. »Du hast völlig Recht, Schätzchen. Aber es ändert nichts, weißt du? Menschen sterben dauernd, aber das Leben geht nun mal weiter.«

Marias Augen blitzten. »Mag sein. Aber das Leben geht nun auch mal weiter, wenn man ein bisschen Pietät zeigt. Und nennen Sie mich nicht *Schätzchen.*«

Ellen blinzelte; eindeutig nur überrascht, nicht etwa verärgert. Marias Worte hätten sie vielleicht getroffen, hätte sie sie im dazu passenden Tonfall vorgebracht oder auch einfach nur ruhig. Aber Marias Stimme bebte, und zwar nicht vor Zorn, sondern vor Angst; entweder vor Ellen, viel wahrscheinlicher aber vor ihrer eigenen Courage.

»Ganz wie du willst, Liebchen«, sagte Ellen schließlich mit einem zuckersüßen Lächeln. Demonstrativ griff sie nach ihrem Kaffee, trank den Rest aus der Tasse und stand auf; gleichzeitig griff sie nach ihrer Reisetasche und warf sie sich über die Schulter. Nicht *einfach so.* Die Bewegung war gezielt und beabsichtigt und sie galt ganz eindeutig nur einer einzigen Person hier im Raum. Es war jene ganz besondere Art von Drehung, aus der eine unaufdringliche sportliche Eleganz und Kraft sprach und die einen unwillkürlich an eine Hollywood-Schönheit denken ließ, die sich auf dem Tennisplatz das Handtuch über die Schulter wirft. Ellen verkniff es sich, ihre strahlend weißen Zähne aufblitzen zu lassen und das Haar zurückzuwerfen, aber irgendwie sah man es trotzdem. Ich hatte so etwas noch nie vorher beobachtet und, um ehrlich zu sein, auch hinterher nicht, aber diese eine, beiläufige Bewegung war wie ein gezielter Schlag in Marias Gesicht. Ein Schlag, der traf und der wehtat. Er machte mir Ellen ganz bestimmt nicht sympathischer – und das sollte er auch nicht –, aber er machte nicht nur mir endgültig klar, *wer* Ellen war.

»Peace, Freunde«, sagte Ed. Völlig unpassend dazu spreizte er Zeige- und Mittelfinger zum Victory-Zeichen, ehe er seine Beine auseinander faltete und ebenfalls aufstand. Nacheinander erhoben sich auch Stefan, Judith und Maria, während ich – eigentlich ohne besonderen Grund – noch etliche Sekunden verstreichen ließ, ehe ich ebenfalls aufstand. Irgendwie hatte ich das Gefühl, dass es dadurch allein an mir war, mich um das Gepäck der grauen Maus zu kümmern; nicht dass ich die Höflichkeit mit Löffeln gefressen hätte, aber lebenslang antrainierte Gewohnheiten lassen sich nun einmal schlecht von heute auf morgen wieder ablegen.

Doch als ich nach dem schrankkoffergroßen Gepäckstück greifen wollte, kam mir Maria zuvor. Mit einer irgendwie zornig wirkenden Bewegung – und übrigens ohne die allermindeste Mühe – riss sie den Koffer hoch und stapfte in Richtung Tür. Ed runzelte die Stirn, war aber zumindest in diesem Moment klug genug, nichts zu sagen, während auf Ellens Lippen die Andeutung eines Lächelns erschien, das sie mir noch unsympathischer machte. Ich griff nach meiner Tasche, warf sie mir mit einer deutlich weniger eleganten Bewegung als zuvor Ellen über die Schulter und gesellte mich zum Rest der Gruppe, die sich mittlerweile komplett vor der Tür versammelt hatte. Stefan schlug den roten Samtvorhang zur Seite und öffnete in der gleichen Bewegung die Tür.

Kalte Luft und Nässe strömten herein, und irgendwie hatte ich das Gefühl, dass auch die Dunkelheit unsichtbar und lautlos durch die Bresche strömte, die Stefan unabsichtlich in unsere Verteidigung gerissen hatte. Hastig verscheuchte ich den Gedanken, ließ die alberne Tasche von der Schulter gleiten und reihte mich als Letzter in die Schlange ein, die in einer absurd disziplinierten Reihenfolge die *Taube* verließ.

Bevor ich auf die Straße hinaustrat, sah ich noch einmal zu der geschlossenen Schiebetür zurück, hinter der Flemmings sterbliche Überreste darauf warteten, abgeholt zu werden. Es war kein angenehmes Gefühl. Ich hatte wenig Erfahrung in solcherlei Dingen, aber ich nahm einfach an, dass es *immer* bedrückend ist, einen Toten in seiner Nähe zu wissen, doch das hier war etwas anderes. Ich hatte das völlig verrückte Gefühl, Flemming im Stich zu lassen – als ob er noch irgendwelche Hilfe bräuchte oder auch nur etwas damit anfangen könnte.

Vielleicht lag es einfach an Marias kleinem Auftritt gerade. Ich hatte mir eingebildet, ihren Ausbruch als ebenso deplatziert und albern zu empfinden wie alle anderen auch, und bis zu diesem Moment glaubte ich das sogar selbst, aber die Worte *hatten* etwas in mir bewirkt. Für eine einzelne Sekunde musste ich gegen die absurde Vorstellung ankämpfen, dass die Schiebetür aufgehen und ein kopfloser Flemming heraustorkeln müsse, um sich mit blutig blubbernder Stimme über den Verrat zu beschweren, den wir ihm angedeihen ließen, oder um uns auch gleich mit Knochensplittern zu bewerfen; ich hatte keine Ahnung, wie nachtragend und rachsüchtig kopflose Leichname im Allgemeinen waren.

Ich verscheuchte auch diesen Gedanken, drehte mich mit einem Ruck endgültig herum und verließ als Letzter die *Taube.*

Irgendwie hatte ich das Gefühl, als ob es noch dunkler geworden wäre, als ich auf die Straße hinaustrat. Vielleicht war es das auch tatsächlich: In den Häusern rechts und links der Straße hatten bereits bei meiner Ankunft nur sehr wenige Lichter gebrannt. Jetzt waren auch davon noch etliche erloschen – auch wenn ich nicht sagen konnte, welche – und mit dem Licht schien auch jegliches Leben aus unserer unmittelbaren Umgebung geflohen zu sein. Es war still; so völlig still, dass es schon beinahe unheimlich war. Nirgends rührte sich etwas, und das im wortwörtlichen Sinne. Ich hatte in einem Ort wie Crailsfelden gewiss kein tobendes Nachtleben erwartet, aber diese vollkommene Leblosigkeit war bedrückend. Selbst der Wind war zum Erliegen gekommen, und die Sterne glitzerten am Himmel wie winzige funkelnde Wunden, durch die das Leben aus der Welt herausfloss; langsam, aber mit der unerbittlichen Unaufhaltsamkeit einer Naturgewalt. *Entropie.* Ich konnte nicht sagen, warum mir dieses Wort ausgerechnet jetzt in den Sinn kam. Ich kannte es und wusste natürlich, was es bedeutete, aber mir war noch nie so sehr zu Bewusstsein gekommen, welch bedrohlichen Zustand es beschrieb – erfüllt von einer Hoffnungslosigkeit, die einem den Atem nahm. Der Punkt, auf den das Leben letztendlich zusteuerte und hinter dem es nichts mehr gab, nicht einmal mehr Furcht oder Schmerz.

Und ich schien nicht der Einzige aus unserer Gruppe zu sein, der ähnlich fühlte. Noch immer in der gleichen disziplinierten Reihenfolge, in der wir die *Taube* verlassen hatten, nahmen wir längs des Bürgersteiges Aufstellung wie eine Gruppe Erstklässler, die auf den Schulbus wartet. Zerberus war verschwunden, wenn auch vermutlich nur, um eine Fahrgelegenheit zum Internat hinauf zu organisieren. Niemand sagte etwas, aber Judith rückte ganz instinktiv ein Stück näher an mich heran, als spürte auch sie, dass hier etwas vorging, was nicht richtig war.

Ich versuchte den Gedanken zu verscheuchen oder ihn zumindest als so lächerlich abzutun, wie er ja auch war; ich war ein Großstadtmensch, an das brodelnde Nachtleben und den Lärm San Franciscos und anderer amerikanischer Großstädte gewöhnt, an Fernseher, die niemals ausgeschaltet wurden, und an den Lärm der Millionen und Abermillionen Autos, die auf der Straße vorbeifuhren, an Hotelbars und Werbespots. Diese Stille war etwas Neues für mich, das mich erschreckte, weil ich es nicht kannte und es ungewohnt war, das war alles.

Aber es funktionierte nicht. Die Dinge, mit denen ich mich zu beruhigen versuchte, mochten logisch durchaus richtig sein, aber diese unheimliche Situation hatte nichts mit Logik zu tun, und Logik half nicht, um diese völlig irrationale Furcht zu bekämpfen, die nicht nur von mir Besitz ergriffen hatte. Den anderen erging es ganz genauso, und vielleicht war es diese Erkenntnis, die mich am meisten beunruhigte: Stefan blickte eindeutig nervös in die Runde, und auch Ed, dieser ewige Quassler, war verstummt. Einzig Ellen versuchte irgendwie die Ungerührte zu spielen, aber es gelang ihr nicht wirklich.

Meine Hand juckte. Ich kratzte fast unbewusst mit den Fingernägeln über die betreffende Stelle und wurde mit einem dünnen, aber tief gehenden Schmerz belohnt, der sich wie eine winzige Nadel in das empfindliche Fleisch zwischen Daumen und Zeigefinger bohrte. Erschrocken zog ich die Finger zurück und betrachtete meine linke Hand. In dem praktisch nicht mehr vorhandenen Licht war die brennende Stelle kaum zu erkennen, aber ich erinnerte mich: Irgendetwas hatte mich getroffen, als ich drinnen bei Flemming gewesen war und zugesehen hatte, wie ihm der Schädel wegflog. Sicher nur ein Holzsplitter. Später, wenn wir oben im Internat waren und ich meine Ruhe hatte, würde ich eine Nadel suchen und ihn herauspulen. Der Gedanke an die Prozedur, die bestimmt nicht ohne erhebliche Schmerzen abgehen würde, bereitete mir schon jetzt Unbehagen, aber ich wusste auch aus eigener leidvoller Erfahrung, dass es sein musste. Es gibt kaum etwas Unangenehmeres als einen Splitter, den man sich eingefangen hat und der sich mit jeder Bewegung tiefer ins Fleisch gräbt.

Außerdem war ich doch ein tapferer Bursche, dem ein bisschen Schmerzen nichts ausmachten, oder? Hinterher konnte ich mich wenigstens ein bisschen wie ein Held fühlen.

Ich spürte Judiths – zugleich fragenden wie leise

besorgten – Blick, reagierte mit einer Mischung aus einem Lächeln und einem angedeuteten Kopfschütteln darauf und senkte die Hand in einer Bewegung, die so hastig war, dass sie einfach nicht anders als schuldbewusst wirken *konnte.* Der Splitter tat nicht mehr weh, aber die Hand begann nun heftig zu jucken. Möglichst so, dass Judith es nicht sah (aber natürlich sah sie es trotzdem, denn schließlich gibt es kaum eine bessere Methode, aufzufallen, als der Versuch, etwas besonders *unauffällig* zu tun), rieb ich die Hand an meinem Oberschenkel und drehte mich schließlich demonstrativ weg, um ihrem fragenden Stirnrunzeln zu entgehen. Judith verspielte in diesem Moment wieder eine Menge von den Sympathien, die ich mittlerweile für sie empfand. Irgendwie mochte ich sie, soweit man das von einem Menschen sagen konnte, den man erst seit einer guten Stunde kannte, aber ich war nicht sicher, ob sie nicht eine potenzielle Nervensäge war; jene Art von fürsorglicher Mama, die einen mit ihrer Gluckenhaftigkeit zuerst auf die Nerven ging und einen dann zu erdrücken begann. Pummelchen. Vielleicht sollte ich sie in Gedanken doch weiter so nennen, auch wenn es unfair war. Aber es schreckte wenigstens ab.

Wie lange standen wir jetzt hier draußen und warteten darauf, dass der Wirt zurückkam? Sicher nicht mehr als eine Minute, wahrscheinlich nicht einmal annähernd lange genug, um Zerberus Zeit zu geben, zu seiner Garage zu eilen und den Wagen zu holen. Mir kam es trotzdem wie eine kleine Ewigkeit vor, und dennoch ein messbares Stück weiter auf dem Pfad der Entropie, hin zu dem Ziel aller Dinge, das Hoffnungslosigkeit hieß.

Ich schüttelte den Kopf. Was waren das für Gedanken? Meine eigenen wohl kaum. Ich hatte noch nie viel mit Philosophie im Sinn gehabt, schon gar nicht mit dieser Art von Pseudophilosophie, und Depressionen überkamen mich allenfalls in den letzten acht oder zehn Tagen des Monats, wenn ich meinen Kontostand betrachtete und auf den nächsten Ersten wartete; das allerdings mit schöner Regelmäßigkeit. Es musste an diesem sonderbaren Ort liegen (und so ganz nebenbei sicher auch an der bizarren Situation, in der wir uns befanden), an meiner Übermüdung und Nervosität und vielleicht auch an der dünnen, aber penetranten Stimme in meinem Inneren, die mir beharrlich zuflüsterte, dass ich mich vielleicht etwas vorschnell als Sieger fühlte; Hochmut kam schließlich vor dem Fall.

Wo blieb dieser verdammte Wirt mit dem Wagen? Noch fünf Minuten hier draußen in der Stille und Dunkelheit und ich war reif für die Klapse! *Philosophie?* Wohl eher *Hysterie.*

Ich griff (mit der unverletzten Hand) in die Tasche und suchte nach Zigaretten, fand aber keine. Ed wollte ich nicht danach fragen und wahrscheinlich lohnte es sich auch nicht mehr. Irgendwann würde Zerberus ja wiederkommen und uns einladen. Unschlüssig drehte ich mich herum (wobei ich genau darauf achtete, Judiths Blick auszuweichen, und das möglichst so, dass es ihr nicht auffiel) und ließ meinen Blick über die leer und dunkel daliegende Straße schweifen. Der erste Eindruck, den ich von Crailsfelden gewonnen hatte, schien sich zu bestätigen – aber vermutlich tat ich der Stadt Unrecht. Es war so dunkel, dass man nicht einmal die Häuser auf der anderen Straßenseite richtig erkennen konnte, vom Rest des Ortes ganz zu schweigen.

»Ich frage mich, ob es hier immer so still ist«, murmelte Stefan. »Das ist ja richtig unheimlich.«

Ed hob die Schultern. »Vielleicht haben sie sich mit den Strommultis überworfen. Mir wäre es auch zu mühsam, die ganze Zeit auf dem Hometrainer zu sitzen und den Dynamo auf Touren bringen zu müssen, nur weil ich fernsehen möchte.«

»Kommt drauf an«, sagte Stefan achselzuckend. »Bei der Sportschau kommt so wenigstens das richtige Feeling auf.«

Niemand lachte. Der Scherz war nicht nur schal, sein Zweck war auch zu offensichtlich. Die beiden pfiffen, während sie die Kellertreppe hinuntergingen, aber es funktionierte nicht.

»Es gibt hier *kein* Problem mit elektrischem Strom, ob ihr's glaubt oder nicht.«

Ich war nicht der Einzige, der sich überrascht herumdrehte, als sich ausgerechnet Maria Graumaus zu Wort meldete. Ihre Stimme hatte einen leicht aggressiven Unterton, fast schon zornig, der aber von dem furchtsamen Beben darin vollkommen zunichte gemacht wurde.

»Das war ein Scherz, Liebchen«, sagte Ellen sanft.

»Aber ein schlechter.« Marias Augen blitzten. »Die Leute hier gehen eben früh schlafen. Aber dafür stehen sie auch früh auf und arbeiten hart.« *Ganz im Gegensatz zu einigen der Anwesenden*, fügte ihr Blick hinzu.

»Mit den Hühnern ins Bett und mit dem Hahn wieder raus.« Ellen lächelte zuckersüß. »Nichts für mich.«

»Dieses ständige Picken auf den Hinterkopf ist lästig, nicht wahr?«, griente Ed.

Gottlob erscholl in diesem Moment das Geräusch, auf das nicht nur ich schon sehnsüchtig wartete: das metallische Rasseln eines schweren Dieselmotors, der mühsam und erst beim dritten Versuch ansprang. Wer weiß, mit welchen Zoten uns Ed sonst noch erfreut hätte …

Ich nahm meine Tasche auf und wandte mich in die Richtung, aus der das Motorengeräusch kam. Es verging aber noch beinahe eine Minute, ehe sich zu dem stotternden Dieseln der asymmetrische Lichtkegel eines Scheinwerferpaares gesellte. Einen Moment später schob sich ein uralter, aber sehr großer Landrover aus einer Lücke zwischen der *Taube* und dem Nachbargebäude heraus, die mir bisher kaum breit genug vorgekommen war, um ein etwas größeres Motorrad durchzulassen. Zerberus – ich musste mich unbedingt nach seinem Namen erkundigen, ansonsten würde ich ihn garantiert irgendwann mit *Zerberus* ansprechen – Zerberus (oder wie immer er auch hieß) steuerte den Wagen in einer haarsträubend engen Kehre herum, die ihn buchstäblich Millimeter an der Wand vorbeiführte und jahrelange Übung verriet, brachte den Wagen mit einem unnötig harten Tritt auf die Bremse direkt vor Eds Cowboystiefeln zum Stehen und stieg aus.

»Hat einen Moment gedauert«, sagte er, wobei er uns mit einem Blick maß, der jeden möglichen Protest schon von vornherein im Keim erstickte. »Ich musste den Wagen erst aus der Garage holen.«

»Sie benutzen ihn nicht sehr oft«, vermutete Ellen.

Zerberus verzichtete auf eine Antwort, ging mit schnellen Schritten um den Wagen herum und öffnete die Hecktür. Wo ich die Ladeklappe erwartet hatte, befand sich eine zusätzliche Sitzbank, die im Moment allerdings zusammengefaltet war wie das Meisterstück eines Origami-Künstlers. Als Zerberus sie hochklappte, wirbelte muffig riechender Staub hoch.

»Wie viele Sitzplätze hat das Ding?«, fragte Ed misstrauisch.

»Sieben«, grummelte Zerberus.

»Plus das Gepäck.« Ed schielte auf Marias containergroßen Schrankkoffer, aber das beeindruckte unseren Fahrer auch nicht sonderlich.

»Es ist nicht sehr weit«, sagte er. Natürlich – *nichts* in Crailsfelden war sehr weit. Der ganze Talkessel, in dem das Kaff lag, maß meiner Schätzung nach keine drei Kilometer. »Nur ein paar Minuten. Für das kurze Stück wird's schon gehen.« Er hob die Schultern. »Ihr könnt das Gepäck auch hier lassen und morgen holen.«

Ed seufzte. »Schon gut. Wahrscheinlich haben Sie Recht – für die paar Minuten wird es schon gehen.«

Er hatte Recht. Es ging – aber *wie.* Zerberus und Ellen, die sich mit aller Selbstverständlichkeit der Welt auf den Beifahrersitz neben ihm schwang, noch bevor irgendeine Diskussion über die Sitzordnung losgehen konnte, waren wahrscheinlich die Einzigen, die es halbwegs bequem hatten. Ed, Judith und ich quetschten uns auf die mittlere Sitzbank, während Stefan, Maria und vor allem ihr *Koffer* mit den beiden Notsitzen hinten im Wagen vorlieb nahmen. Ohne das Gepäck wäre es vielleicht noch halbwegs erträglich gewesen; mit sieben Personen und sechs mehr oder weniger sperrigen Koffern und Reisetaschen im Gepäck allerdings begann ich bald zu begreifen, wie sich eine Sardine in ihrer Dose fühlen mochte. Ich hatte Mühe, die Tür neben mir zu schließen; der Griff bohrte sich so unsanft in meine Rippen, dass ich kaum noch Luft bekam, und Stefan, der von der anderen Seite aus in den Landrover geklettert war, beanspruchte mit seinen breiten Schultern so viel Platz, dass Judith zwischen uns nahezu zerquetscht wurde.

Zerberus überzeugte sich mit einem Blick in den Innenspiegel davon, dass wir alle anwesend und die Türen geschlossen waren, dann legte er den Gang ein und fuhr mit einem ebenso unnötig harten Ruck los, wie er gerade angehalten hatte. Marias Schrankkoffer prallte mit solcher Wucht gegen die Lehne hinter mir, dass ich Zerberus möglicherweise unfreiwillig die Zähne in den Nacken gegraben hätte, wäre ich nicht zwischen Judith neben mir und meiner Reisetasche vor meinen Schienbeinen so eingequetscht gewesen, dass mir ohnehin kaum genug Platz blieb, um zu atmen. Judith ächzte vor Schmerz und Überraschung. Sie wurde so heftig gegen mich geworfen, dass ich spüren konnte, dass sie unter ihrer Windjacke und dem T-Shirt keinen BH trug. Ihr musste ebenfalls klar sein, dass ich es gemerkt hatte, denn sie maß mich mit einem ebenso entschuldigenden wie leicht verlegenen Blick. Dennoch hatte ich nicht das Gefühl, dass ihr das kleine Missgeschick *wirklich* unangenehm war.

»Entschuldigung«, brummelte Zerberus. »Die Kupplung ist nicht mehr die Jüngste.«

»Na, das passt doch«, maulte Ed.

Zerberus quittierte die Bemerkung mit einem giftigen Blick in den Spiegel, und der nächste Ruck, der uns alle durchschüttelte, als er schaltete, hatte ganz bestimmt *nichts* mit der altersschwachen Kupplung zu tun. Ed war klug genug, sich dieses Mal jeden Kommentar zu sparen, und zumindest in einem Punkt hatte unser Chauffeur die Wahrheit gesagt: Es war in der Tat nicht sehr weit.

Zwischendurch musste ich wohl kurz eingenickt sein – so unglaublich es mir auch selbst vorkam, denn ich erinnerte mich nicht mehr genau an die Strecke, die wir fuhren. Aber es konnte nicht lange gewesen sein; Crailsfelden war einfach nicht groß genug, um länger als ein paar Sekunden zu schlafen, selbst bei einer kompletten Umrundung. Wir bogen zwei- oder dreimal ab und fuhren auf der Verlängerung der Straße stadtauswärts, auf der ich vor einer knappen Stunde mit dem Taxi hergekommen war. Statt Crailsfelden jedoch zu verlassen, hielt Zerberus nach einem knappen Kilometer wieder an – unnötig zu erwähnen, dass er dabei so hart auf die Bremse trat, dass wir alle wieder nach vorne geworfen wurden. Ed spießte ihn mit Blicken regelrecht auf, aber er hielt zu meiner Erleichterung wenigstens diesmal die Klappe. Hinter uns ächzte Stefan hörbar, als er zum zweiten Mal von Marias Schrankkoffer nahezu zerquetscht wurde, und auch Judith wurde zum zweiten Mal und auf die gleiche Art wie zuvor unsanft gegen mich gepresst. Diesmal sah ich sie einen Moment länger an, aber sie erwiderte meinen Blick ruhig und auf eine fast herausfordernde Art.

Nein. Ich verbesserte mich in Gedanken. Nicht *fast*, sondern *ganz eindeutig* und auf eine Weise, die eine Bereitschaft implizierte, gegen die ich unter anderen Umständen sicher nichts gehabt hätte, die ich im Moment aber als höchst unangebracht empfand. Vor nicht einmal einer Stunde war vor unseren Augen ein Mensch gestorben und trotz des überraschenden Anrufes war unser aller Zukunft höchst ungewiss, und meine ganz besonders. Ich hatte wahrlich anderes im Kopf als Judiths Busen, der sich an meinem Oberarm rieb.

Auch wenn ich gestehen musste, dass das Gefühl nicht unbedingt unangenehm war …

»Vielleicht sollten wir doch besser ein Taxi nehmen«, ächzte Stefan, nachdem es ihm gelungen war, sich irgendwie unter Marias Schrankkoffer hervorzuarbeiten und wieder zu Atem zu kommen.

Zerberus warf ihm über den Spiegel hinweg einen giftigen Blick zu. »Ihr könnt gerne zu Fuß gehen«, sagte er. »Der Wagen ist alt. Ich bin froh, dass er überhaupt noch angesprungen ist.«

Ed setzte zu einer Antwort an (ich konnte mir ungefähr vorstellen, wie sie ausfallen würde), aber Ellen kam ihm zuvor. »Sie brauchen ihn wohl nicht sehr oft, wie?«, fragte sie. Nicht dass irgendjemand im Wagen – abgesehen von unserem Chauffeur vielleicht – glaubte, dass es sie wirklich interessierte. Aber immerhin ging Zerberus darauf ein und der drohende Streit fiel aus. »Ich bin kein Taxifahrer«, sagte er, immer noch ein bisschen grummelig, aber schon wieder halbwegs versöhnt. Er hob die Schultern, tippte – deutlich behutsamer als zuvor – auf die Bremse und brachte den Wagen nahezu zum Stehen, um ihn um eine 180-Grad-Kehre zu lenken. Die Kurve war extrem eng, und ich hätte meine rechte Hand darauf verwettet, dass er es nicht schaffte, ohne mindestens ein Mal zurückzusetzen.

Aber ich hatte mich getäuscht. Der linke Vorderreifen rumpelte über ein Hindernis, aber dann hatten wir es überwunden. Die Scheinwerfer beleuchteten eine schmale, in steilem Winkel nach oben führende Straße, an deren Ende sich ein zyklopischer Schatten erhob, der in der fast vollkommenen Finsternis zugleich formlos wie bedrohlich wirkte.

»Ich hab die Kiste das letzte Mal vor über einem Jahr angeschmissen«, fuhr Zerberus fort, nachdem er die Drehung geschafft und in einen höheren Gang geschaltet hatte. »Hab nicht viel Verwendung dafür. Ich hab schon überlegt, sie zu verkaufen, aber für diese Spritsaufer kriegt man ja heute nichts mehr.« Er hob die Schultern. »Manchmal ist sie ganz nützlich.«

»So wie heute zum Beispiel.« Ellen lächelte, aber in ihrer Stimme lag eine unüberhörbare Warnung an Stefans Adresse. Keiner von uns hatte große Lust, den Rest der Strecke zu Fuß zurückzulegen.

Zerberus warf einen weiteren, ärgerlichen Blick in den Innenspiegel und gab mehr Gas. Der Motor heulte auf, ohne dass der Wagen spürbar schneller wurde. »War alles nicht ganz so geplant«, sagte er. »Aber im Notfall hilft man ja gerne.«

»Wir sind Ihnen auch wirklich sehr dankbar«, sagte Ellen hastig. »Ohne Ihre Hilfe hätten wir jetzt ein Problem. Oder gibt es noch irgendeine Möglichkeit, von hier wegzukommen? Ich meine, ohne Wagen?«

»Um diese Zeit?« Die Frage schien Zerberus zu amüsieren.

»Ich verstehe«, seufzte Ellen. »Vorhin am Telefon – wer war das?«

Der Themenwechsel war so plump, dass ich instinktiv den Atem anhielt und darauf wartete, dass Zerberus in die Luft ging, aber er hob nur die Schultern. »Einer aus dieser Kanzlei eben. Hab mir den Namen nicht gemerkt.«

Zerberus malträtierte den Motor weiter, indem er noch mehr Gas gab und hochzuschalten versuchte. Der Landrover begann zu hoppeln und der Motor wäre um ein Haar erstorben. Autofahren schien nicht unbedingt seine Stärke zu sein.

»Was tut ihr überhaupt hier?«

»Das wüssten wir selbst gern«, antwortete Judith. Irgendwie schien sie doch mitbekommen zu haben, wie ich mich fühlte, denn sie versuchte ein Stück von mir wegzurücken, aber es ging nicht. Immerhin brauchte ich mir über die fehlenden Airbags in diesem Uraltgefährt keine Gedanken zu machen, sollte Zerberus uns den Abhang hinunterchauffieren und wir uns überschlagen. Meine linke Schulter wurde eisern gegen die Tür gequetscht, und auf der anderen Seite fühlte ich zwei äußerst attraktive Airbags, selbst durch meine Jacke und Judiths Kleider hindurch. Ich war ein bisschen verwirrt und mehr als nur ein bisschen ärgerlich auf mich selbst. Ich war ein gesunder, ganz normaler junger Mann (nun gut, nicht mehr *ganz* so jung, aber auch noch alles andere als *alt*) und ich bin niemals ein Kind von Traurigkeit gewesen, aber die Situation war einfach unpassend. Ganz davon abgesehen, dass Pummelchen nun wirklich nicht mein Typ war.

»Ihr wisst nicht, warum ihr hier seid?« Jetzt war es für Zerberus endgültig klar: Wir waren nicht ganz dicht. Vielleicht hatte er ja sogar Recht damit.

»Es geht um irgendeine Erbschaftsangelegenheit«, sagte Ed fast widerwillig. »Mehr wissen wir auch nicht.«

»Eine Erbschaft?« Zerberus legte zweifelnd die

Stirn in Falten. Dann lachte er. »Ich hätte gewettet, dass ihr vom Fernsehen seid oder so was. Wen wollt ihr denn beerben?«

»Wenn wir das wüssten, wären wir ganz bestimmt nicht hier«, antwortete Ellen.

Glücklicherweise näherte sich unsere Fahrt aber auch schon ihrem Ende. Der Wagen hatte die Steigung hinter sich gebracht – und das sogar, ohne dass Zerberus ihn abgewürgt oder den Hang hinunterkatapultiert hatte – und vor uns lag jetzt nur noch ein kurzes Stück ebener Straße und unser eigentliches Ziel, das alte Internatsgebäude.

Mir kam es im Moment aber eher vor wie Mordor, die schwarze Festung des bösen Zauberers Saruman aus dem *Herrn der Ringe.*

Dabei war gar nicht viel zu erkennen. Das Gebäude war unerwartet groß, das konnte man sehen, sonst aber so gut wie nichts. Alles, was ich konkret erkennen konnte, war das klotzige Torhaus und ein asymmetrisches Stück des schweren Eichentores, das die Scheinwerfer aus der Dunkelheit rissen und das größer wurde, je näher wir kamen. Dahinter erhob sich ein kantiges Durcheinander aus Gebäude, Türmen und zerfallenen Mauerresten, kaum mehr als ein Schattenriss aus vollkommener Schwärze vor dem nicht ganz so tiefen Schwarz des Himmels. Trotzdem ließ mir der Anblick einen kalten Schauer über den Rücken laufen.

Es lag nicht nur daran, dass die fast völlige Dunkelheit der Fantasie vielleicht mehr Spielraum ließ als gut war. Viel schlimmer war das, was man nicht sehen konnte, aber was eindeutig *da* war, unsichtbar und lauernd hinter der Fassade des scheinbar Normalen verborgen, aber *da.* Irgendetwas war dort vorne und es wartete auf uns. Etwas, dem wir vielleicht besser nicht begegneten.

»Das ist unheimlich«, sagte Judith. Sie sprach nichts anderes aus als das, was wir alle in diesem Moment dachten, und trotzdem wünschte ich mir, dass sie es nicht getan hätte. Es gibt Dinge, die ihren Schrecken verlieren, wenn man ihnen einen Namen gibt, aber diese seltsame Stille und Leblosigkeit hier gehörten eindeutig *nicht* dazu. Vielleicht hatte es ja einen Grund, dass es so viele Legenden gab, in denen das Böse erschien, wenn man seinen Namen aussprach.

»Ist nur ein Haufen alter Steine«, sagte Zerberus. Er gab beharrlich weiter Gas, als wäre er wild entschlossen, den Wagen gegen das geschlossene Tor und hindurchzurammen, und obwohl ich natürlich ganz genau wusste, dass es nicht so war, spannte ich mich instinktiv gegen den zu erwartenden Aufprall. Neben mir sog Judith scharf die Luft ein und auch Ellen wirkte plötzlich ein wenig verkrampft.

Im buchstäblich allerletzten Moment trat Zerberus auf die Bremse. Der Wagen rutschte auf blockierenden Reifen weiter und kam wortwörtlich eine Handbreit vor dem Tor zum Stehen; allerdings nur für eine oder zwei Sekunden, dann rollte er weiter, stieß mit einem dumpfen *Klonk!* gegen den rechten der beiden riesigen Torflügel und drückte ihn langsam nach innen.

»He!«, protestierte Ed.

»Keine Sorge, das mach ich immer so«, sagte Zerberus. Er gab ein wenig mehr Gas und das Tor bewegte sich gehorsam auf seinen uralten Angeln nach innen. Dahinter kam ein aus metergroßen Natursteinquadern gemauertes Gewölbe zum Vorschein, das auf einen weitläufigen Innenhof hinausführte. Das Licht der Autoscheinwerfer verlor sich irgendwo auf halbem Wege, obwohl ich den Eindruck hatte, dass es viel weiter reichen müsste, und erneut und diesmal viel heftiger hatte ich das Gefühl, dass in der Dunkelheit dort draußen etwas lauerte, etwas, was uns ganz genau beobachtete, vielleicht aber auch in diesem Augenblick schon zum Sturm ansetzte. Unmittelbar neben Ellen schlug der riesige Torflügel mit einem Geräusch gegen die Wand, das jedem alten Boris-Karloff-Film zur Ehre gereicht hätte, und Zerberus trat das Gaspedal mit einer einzigen Bewegung fast bis zum Bodenblech durch. Der Landrover machte einen Satz, den ich dieser antiken Schrottkarre nie und nimmer zugetraut hätte, und als der Torflügel zurückschwang, verfehlte er das Heck des Wagens um eine gute Handbreit. Gottlob! Das Tor musste eine Tonne wiegen, vermutlich mehr. Hätte es den Wagen getroffen, hätte es ihn vermutlich in Stücke geschlagen. Samt seiner Insassen.

»Nicht schlecht«, lobte Ed. »Funktioniert der Trick immer?«

Statt zu antworten, nahm Zerberus den Fuß vom Gas und lenkte den Wagen in einer engen Kurve über den mit grobem Kopfstein gepflasterten Innenhof, sodass ich erneut gegen Judith geschleudert wurde und sie japsend nach Atem rang.

Hier drinnen war es womöglich noch dunkler als draußen. Alles, was das schwache Licht der Scheinwerfer enthüllte, war ein allgemeiner Eindruck von Verfall und Alter. Wenn das hier tatsächlich einmal ein Internat gewesen war, dachte ich, dann wohl zu einer Zeit, als Bücher noch nicht gedruckt, sondern ausnahmslos mit der Hand geschrieben wurden.

Vor einer ausladenden Freitreppe mit einem ehemals sicher prachtvollen, jetzt aber halb verfallenen steinernen Geländer hielten wir an. Zerberus zog den Zündschlüssel ab, stieg aus und ging schnaufend zwei Stufen weit die Treppe hinauf, bevor er wieder stehen blieb und sich zu uns herumdrehte. Er hatte die Fahrertür offen gelassen. Eisige Nachtluft und Nässe wehten zu uns herein.

»Worauf wartet ihr?«, fragte er ungeduldig. »Ich sage Bescheid, dass ihr da seid. Ladet schon mal das Gepäck aus. Ich kann das Lokal nicht unbegrenzt geschlossen halten.«

»Ich denke, Flemming hat es für den ganzen Abend gemietet«, murrte Stefan.

»Und außerdem habe ich keine Lust, hier zu übernachten«, versetzte Zerberus.

»Wer hat das schon?«, fragte Ed. Irgendwie gelang es ihm, seine Arme so weit auseinander zu falten, dass er den Türgriff auf seiner Seite erreichen und aufziehen konnte. Er stieg aus, atmete übertrieben erleichtert auf und übersah geflissentlich die Mühe, die es Judith bereitete, hinter ihm aus dem Wagen zu krabbeln und dabei ihre Reisetasche hinter sich herzuziehen. Ich selbst stieg auf der anderen Seite aus, trug mein Gepäck zur Treppe und setzte es auf der untersten Stufe ab, bevor ich noch einmal zum Landrover zurückging, um Maria bei ihrem Überseecontainer zu helfen.

Es war nicht nötig. Stefan hatte sich irgendwie aus dem Wagen herausgebeamt und zog das transportable Möbelstück ohne die geringste Mühe hinter sich ins Freie. Es klapperte, als er den Koffer zu Boden setzte. Zum ersten Mal fragte ich mich, was um alles in der Welt eigentlich in diesem Riesenkoffer *war.* Flemming war in diesem Punkt ziemlich deutlich gewesen: nur das Allernotwendigste. Unterwäsche, Zahnbürste, Medikamente. Ich trat einen Schritt zurück und sah dabei zu, wie Maria ungeschickt über die umgeklappte Rückenlehne der mittleren Sitzbank kletterte, um aus dem Wagen zu kommen. Unterwäsche, die klapperte? Maria Graumaus war durchaus der Typ, dem ich zugetraut hätte, einen Keuschheitsgürtel zu tragen … aber wozu?

Meine Hand schmerzte wieder. Gedankenverloren rieb ich mit dem Daumen über die pochende Stelle und ließ meinen Blick über den Hof schweifen, während ich zu den anderen zurückging.

Das Ergebnis meiner Musterung war allerdings höchst mager. Zerberus hatte die Scheinwerfer brennen lassen, sodass ein Teil der Treppe und die darüberliegende Tür erhellt wurden, doch alles andere war dafür in umso tiefere Dunkelheit getaucht, als lieferten die Scheinwerfer gar nicht wirklich Licht, sondern saugten nur die Helligkeit aus der Umgebung, um sie auf einen Punkt zu konzentrieren. Die Dunkelheit ringsum war dafür umso intensiver.

Ich verscheuchte den Gedanken und versuchte ihn als so lächerlich abzutun, wie er auch war. An dieser Dunkelheit war ganz und gar nichts Übernatürliches. Der Himmel war bewölkt und der Hof an allen Seiten von Mauern umgeben. Nirgendwo brannte ein Licht. Es war dunkel, das war alles.

Jedenfalls redete ich mir das ein.

Als ich die Treppe erreichte, zündete sich Ed umständlich eine Zigarette an. Der Anblick weckte auch meinen Appetit auf eine, aber ich hatte keine mehr, und bevor ich ausgerechnet Ed darum bat, hätte ich lieber auf einer alten Schuhsohle herumgekaut.

»Was für ein Gemäuer!« Ed nahm einen tiefen Zug aus seiner Zigarette und sah sich mit übertriebener Gestik um – als ob er mehr sehen könnte als wir. »Willkommen auf Schloss Frankenstein.«

»Frankenstein hat in einem ganz normalen Haus gelebt und sein Labor war in einem alten Wachturm«, berichtigte ihn Maria, »nicht in einem Schloss.« Sie stellte ihren Koffer ab – Stefans Höflichkeit war nicht so weit gegangen, das zentnerschwere Gepäckstück bis zur Treppe zu tragen – und maß Ed mit einem fast herablassenden Lächeln. »Das hier ist kein Schloss. Im späten fünfzehnten Jahrhundert hat es kurzzeitig als Festung gedient und wurde entsprechend umgebaut und seit den frühen Sechzigern war hier ein Internat untergebracht. Aber die allermeiste Zeit über war es ein Kloster.«

»Ich bin beeindruckt«, sagte Ed spöttisch. »Internet oder öffentliche Bibliothek?«

»Allgemeinbildung«, antwortete Maria. Schlagfertig war sie, das musste man ihr lassen. Unglücklicherweise reichte ihr Mut nicht einmal lange genug, wie sie brauchte, um die Worte auszusprechen. Ihre Stimme zitterte schon wieder und sie hielt Eds breitem Grinsen nicht stand.

»Hehe!«, sagte Ellen. »Keinen Streit, ihr zwei. Das ist wirklich nicht der richtige Moment.«

»Und auch nicht die richtige Umgebung, finde ich«, pflichtete ihr Judith bei. Sie rückte näher an mich heran, schlang die Arme um den Oberkörper und fröstelte übertrieben. Es war kühl, aber keineswegs *so* kalt. »Ihr könnt sagen, was ihr wollt, aber ich finde es hier unheimlich.«

»Wenn ihr mich fragt, ist das hier alles inszeniert«, sagte Stefan. »Einschließlich unseres kauzigen Fahrers. Ich weiß zwar nicht, was das soll, aber ich habe das Gefühl, dass nichts von alledem echt ist.«

»Flemming war jedenfalls *echt tot*«, sagte Ellen. »Das kann ich euch versichern.«

»Sogar so etwas kann man fälschen, oder?«, fragte Judith. Sie sah Ellen dabei jedoch nicht direkt an, sondern blickte unbehaglich in die Runde. Da wir alle im Scheinwerferkegel des Wagens standen, konnte ich sehen, dass sich die feinen Härchen auf ihrem Handrücken und in ihrem Nacken aufgerichtet hatten. Sie fror tatsächlich. »Ein paar Spezialeffekte, wie im Film, ein guter Schauspieler …«

»Er müsste schon verdammt gut sein«, sagte Ellen. »Kein Puls, kein Herzschlag, dafür jede Menge Blut in den Augäpfeln – ich würde sagen, der Typ ist reif für mindestens drei Oscars.« Sie lachte, ganz leise, aber so verächtlich, dass ich sie allein dafür schon beinahe hasste. »Ich bin *Ärztin*, Schätzchen.«

»War ja nur eine Idee«, verteidigte sich Judith. Sie fröstelte erneut und trat noch näher an mich heran. Ich konnte sehen, dass sie *wirklich* erbärmlich fror, und ich konnte ebenso deutlich sehen, dass sie nur darauf wartete, dass ich den Arm um sie legte, um sie zu wärmen. Warum eigentlich nicht? Abgesehen von vielleicht zehn oder fünfzehn Pfund Übergewicht war sie eigentlich ganz niedlich. Und sie war leichte Beute.

Die Tür über uns ging auf und Zerberus erschien. »Ihr könnt kommen«, sagte er. »Ist alles vorbereitet.«

»Bescherung«, spöttelte Ed. »Ich hoffe, die Kerzen am Weihnachtsbaum brennen schon.«

Er schnippte seine Zigarette davon, und ich blickte – missbilligend, wie ich hoffte – dem winzigen Funken sprühenden roten Stern nach, bis er irgendwo hinter uns auf dem Hof aufschlug und auseinander platzte. Aber ich war nicht ganz sicher, ob ein Teil von mir nicht eher *gierig* blickte. Ein ziemlich großer Teil. Mein Nikotinspiegel war auf ein bedrohliches Maß herabgesunken. Ich war noch nicht so weit, der Kippe hinterherzulaufen, um sie aufzuheben und einen Zug daraus zu nehmen, aber auch nicht mehr *so* weit davon entfernt …

Ellen wollte nach ihrer Tasche greifen, aber Zerberus machte eine befehlende Geste. »Lasst das Zeug einfach stehen. Ich bringe es gleich nach oben.«

»Na, das nenne ich Service«, griente Ed. »Wir sind ja richtig lernfähig, wie?«

Der Wirt machte sich nicht die Mühe, darauf zu antworten, sondern trat einen Schritt zurück und zog die Tür dabei weiter auf. Der Raum dahinter war genauso dunkel wie der Hof. Wahrscheinlich, dachte ich amüsiert, würde Zerberus im gleichen Moment, in dem er in diese Dunkelheit hineintrat, zu einem buckeligen Alten mutieren, dessen schütteres graues Haar strähnig bis auf die Schultern fiel und der eine flackernde Gaslaterne in der Hand hielt, während er gebückt vor uns herschlurfte und uns tiefer und tiefer in ein Labyrinth aus Sälen und Gängen hineinführte, in dem riesige staubverklebte Spinnweben wie löcherige graue Segel von der Decke hingen und uralte Rüstungen standen, die sich immer dann bewegten, wenn man gerade *nicht* hinsah.

Aber eigentlich dachte ich diesen Gedanken gar nicht *amüsiert*. Ich redete mir selbst – und für ein paar Sekunden sogar mit Erfolg – ein, dass es so war, aber im Grunde hatte ich fast panische Angst davor, dass *ganz genau das* passieren würde, sobald ich durch die riesige Tür trat. Die Vorstellung war vollkommen absurd, aber seit ich diesen sonderbaren Ort betreten hatte, geschahen eine Menge absurder Dinge. Crailsfelden schien nicht nur am Ende der Welt zu liegen, sondern irgendwie einen halben Schritt *daneben.* Vielleicht galt Logik ja hier nicht mehr und vielleicht war das Gefühl, dass in der Dunkelheit auf der anderen Seite der Tür etwas auf uns lauerte, nicht nur bloße Einbildung.

Und das war es auch nicht. Es war Hysterie. Gute, alte, handfeste Hysterie. Nicht mehr und nicht weniger.

Um mir selbst zu beweisen, wie mutig ich war, griff ich schneller aus und überholte Ellen und Ed auf den letzten Stufen der Treppe, bevor ich durch die Tür trat.

Der Raum dahinter war nicht ganz so dunkel, wie ich erwartet hatte. Das grelle Licht der Autoscheinwerfer hatte den mattgrauen Schein ausgelöscht, der die Halle erfüllte, aber hier drinnen reichte er allemal aus, um mich erkennen zu lassen, dass Zerberus immer noch Zerberus war, nicht der Frack tragende Butler aus der Rocky Horror Picture Show. Ich konnte noch immer wenig sehen, aber das unbestimmte Gefühl von Weite und die hellen klackenden Echos unserer Schritte verrieten mir doch etwas über die Größe des Raumes; vermutlich eine jener weitläufigen Eingangshallen, wie man sie manchmal auf Burgen oder in alten Herrenhäusern findet. In alten Klöstern eigentlich auch? Ich musste gestehen, dass ich keine Ahnung hatte, und nahm mir vor, Maria bei Gelegenheit danach zu fragen.

Nach wenigen Schritten schon hatten sich meine Augen an das schwache Dämmerlicht hier drinnen gewöhnt, sodass ich zumindest ein paar Schemen erkennen konnte. Die Halle war so groß, wie ich angenommen hatte, und schien vollkommen leer zu sein. Zerberus steuerte eine breite, weit geschwungene Treppe an, die von der gegenüberliegenden Seite der Halle aus weiter nach oben führte, ging dann aber daran vorbei und öffnete eine Tür, die bisher in der Dunkelheit verborgen gewesen war. Gelbes Licht fiel in die Halle heraus und zeigte mir, dass der Boden in schwarz-weißem Schachbrettmuster gefliest war. Ein leichter Brandgeruch hing in der Luft; nicht frisch, sondern jener bestimmte Geruch, der sich in Zimmern einnistet, in denen über lange Jahre hinweg mit Kohleöfen oder einem offenen Kamin geheizt worden war.

Judith, die irgendwie wieder zu mir aufgeschlossen hatte und neben mir herging, beschleunigte ihre Schritte, als hätte sie Angst, dass Zerberus die Tür hinter sich schließen und uns allein und wehrlos in dieser wattigen Finsternis zurücklassen könnte.

Und so albern ich diesen Gedanken auch fand, ging ich natürlich ebenfalls schneller; wenn auch selbstverständlich nur, um nicht zurückzufallen und als Letzter die Tür zu erreichen oder womöglich sogar den Anschluss zu verlieren.

Ich war schon immer gut darin, mir selbst etwas vorzumachen.

Trotzdem war ich der Letzte, der hinter Judith durch die Tür trat – wenn auch in so geringem Abstand, dass ich ihr beinahe in die Hacken getreten wäre. Ich selbst hatte keine konkrete Vorstellung von dem gehabt, was wir antreffen würden, aber ich war dennoch fast enttäuscht. Hinter der Tür lag nichts Aufregenderes als eine große, nahezu leere Küche, deren Ausstattung aus den Fünfziger- oder Sechzigerjahren zu stammen schien – soweit sie noch vorhanden war, hieß das. Die meisten Möbel waren weggebracht worden und hatten rechteckige helle Schatten auf dem Laminatfußboden hinterlassen, samt den dazugehörigen Schmutzrändern an den Wänden. Übrig geblieben war lediglich ein uralter, monströs großer Gasherd, dem ich nicht einmal dann vertraut hätte, hätte er noch original verpackt und mit einem Sicherheitszertifikat des Herstellers vor mir gestanden, und ein riesiger zweitüriger Kühlschrank, der nur auf den ersten Blick alt aussah – Fünfzigerjahre-Design, aber vermutlich nagelneu. Nur wenige Schritte hinter der Tür stand ein wuchtiger Holztisch mit einer ausziehbaren Platte, an dem bequem ein Dutzend Personen Platz gefunden hätten. Es gab allerdings nur acht Sitzgelegenheiten: billige Plastikstühle, wie man sie in den Gartenabteilungen großer Baumärkte und Blumenhandlungen findet.

»Gemütlich«, sagte Ed. »Ich bin beeindruckt. So einen luxuriösen Empfang hätte ich mir gar nicht vorgestellt.«

»Setzt euch«, sagte Zerberus knapp. »In der Kanne ist Kaffee. Ich bin gleich zurück.«

»Nicht so schnell.« Ed vertrat ihm mit einer raschen Bewegung den Weg. »Was soll das alles hier? Sie haben uns doch nicht den Weg hier raufgekarrt, damit wir Kaffee trinken.«

Zerberus zog die Augenbrauen zusammen und trat einen halben Schritt auf Ed zu, aber der wich keinen Deut von der Stelle. Ich fragte mich, wie weit die beiden gehen würden, um ihren Rollen treu zu bleiben. Vermutlich nicht bis zum bitteren Ende. Der Wirt war ein übrig gebliebener Hippie, der trotz seiner aufgesetzten Grantigkeit vermutlich niemals so weit gehen würde, Gewalt anzuwenden, und Eds herausfordernde Art war ganz genau die, hinter der sich gewöhnlich die größten Feiglinge verbergen.

»Ich habe keine Ahnung«, sagte Zerberus. »Ich soll euch nur herbringen, das ist alles, was ich weiß. Jemand wird sich um euch kümmern.«

»Jemand?«

»Keine Ahnung, wer«, antwortete Zerberus. »Ich kannte doch auch nur diesen Flemming. Wird schon jemand kommen.«

»Und Sie?«, fragte Ellen. »Was tun Sie jetzt?«

»Ich hole euer Gepäck«, antwortete Zerberus patzig. »Aber nur, wenn ihr nichts dagegen habt. Ihr könnt den Kram natürlich auch liebend gerne selbst hochschleppen.«

»Schon gut«, sagte Judith hastig. »Ein heißer Kaffee ist genau das, was ich jetzt brauche. – Darf ich?«

Die Frage galt Ed, der sie nur verständnislos anblinzelte, dann aber bewusst langsam einen Schritt zur Seite trat, als Judith auf ihn zuging – und das auf eine Art, die keinen Zweifel daran aufkommen ließ, dass sie nicht anhalten würde. Dass Ed mit seinem hastigen Rückzug auch zugleich den Weg für Zerberus frei machte, war dabei ganz bestimmt kein Zufall. Der Wirt ging, und nachdem sich Judith einen der billigen Plastikgartenstühle herangezogen hatte, setzten wir anderen uns ebenfalls; Ed als Letzter, und auch erst, nachdem er eine angemessene Trotzfrist hatte verstreichen lassen.

Auf dem Tisch standen neben einer kleinen Mikrowelle eine verchromte Warmhaltekanne, Plastikbecher und -löffel sowie ein Paket Würfelzucker und ein Glas mit Milchpulver. Judith griff nach der Thermoskanne, schenkte zwei Becher Kaffee ein und schob die Kanne dann wieder in die Mitte des Tisches zurück. An einem Kaffee nippte sie selbst, ohne Zucker oder Milch genommen zu haben, den anderen schob sie mir hin. Ed warf ihr einen zornerfüllten Blick zu und griff seinerseits nach der Kanne, machte aber nicht einmal eine Bewegung, um sich einzuschenken, sondern hielt sie einfach nur mit beiden Händen fest.

»So, und wie geht es jetzt weiter?«, fragte er herausfordernd. »Ich meine: Abgesehen davon, dass wir in der Steinzeit gestrandet sind und das einzige menschliche Wesen, das es außer uns hier zu geben scheint, ganz offensichtlich das *Missinglink* zwischen Affe und Mensch darstellt – was tun wir jetzt?«

Maria, die am anderen Ende des Tisches Platz genommen hatte, die beiden überzähligen Stühle zwischen sich und uns, runzelte ärgerlich die Stirn, aber die verstrichene Zeit hatte noch nicht ausgereicht, um ihren Vorrat an Mut wieder weit genug aufzufüllen, um Ed Paroli zu bieten – obwohl man ihr ansah, dass sie nichts lieber als das getan hätte. Als Ed in ihre Richtung sah, senkte sie hastig den Blick und brachte es irgendwie fertig, mit ihrer Umgebung zu verschmelzen wie ein Chamäleon. Wie viele Menschen, die so wie sie waren, beherrschte sie eine Art psychologischer Mimikry, die fast so perfekt war wie Laurins Mantel.

»Ich schlage vor, wir warten einfach ab, bis jemand kommt und uns das alles hier erklärt«, sagte Stefan. »Irgendwann wird sich dieser Flemming schon zeigen.«

»Flemming?« Ich sah Stefan fragend an. »Da wäre ich aber überrascht.«

Anscheinend verwirrte *meine* Frage Stefan mindestens ebenso sehr wie mich seine Worte, denn er sah mich mindestens fünf oder auch zehn Sekunden lang eindeutig verdutzt an, aber dann hob er die Schultern und fuhr in eindeutig verärgertem Tonfall fort: »Ich hoffe, es ist eine gute Erklärung. Mir wird das Ganze hier allmählich zu albern.«

»Albern?« Ed ächzte. »Also – als *albern* würde ich die Ereignisse seit unserem Eintreffen nun wirklich nicht bezeichnen.«

»Aber genau das ist es«, beharrte Stefan. »Ich habe es schon einmal gesagt und ich sage es noch einmal: Das Ganze hier ist inszeniert, und das nicht einmal besonders gut. Ein Stück aus einem Schmierentheater, wenn ihr mich fragt.«

»Das tut mir ausgesprochen Leid«, sagte eine Stimme von der Tür her. »Ich würde mir niemals erlauben, Sie zu erschrecken oder gar zu verärgern. Aber die Dinge sind uns leider etwas ... aus dem Ruder gelaufen.«

Alle Gesichter wandten sich der Tür zu. Ich sah aus den Augenwinkeln, wie Judith leicht erschrocken zusammenfuhr, und auch Stefan runzelte auf eine Art überrascht die Stirn, die mich nicht ganz sicher sein ließ, ob sich nicht das blanke Entsetzen dahinter verbarg. Alle anderen starrten den Neuankömmling einfach nur an.

Ich sah das alles allerdings nur aus den Augenwinkeln. Ich hätte nicht einmal genauer hinsehen können, wenn ich es gewollt hätte, denn ich war viel zu sehr damit beschäftigt, das Gesicht des Mannes anzustarren, der hinter uns aufgetaucht war und nun mit langsamen, merkwürdig unsicher wirkenden Schritten auf uns zuschlurfte.

»Wirklich, ich wollte Sie nicht erschrecken«, wiederholte der alte Mann. »Es tut mir ehrlich Leid. Aber dennoch: Einen schönen guten Abend und herzlich willkommen in Crailsfelden.«

Er ging weit nach vorne gebeugt und mit hängenden Schultern, auf denen vielleicht ein paar Jahre mehr lasteten, als er zu tragen imstande war. Er trug einen dunkelgrauen dreiteiligen Anzug, der zweifellos maßgeschneidert war, aber auch sichtlich schon bessere Tage gesehen hatte, und bewegte sich auf eine leicht schlurfende Art, die nicht wirklich Schwäche ausdrückte, ihn aber trotzdem auf eine schwer greifbare Weise gebrechlich aussehen ließ; obwohl er das wahrscheinlich gar nicht war. Er hatte ein schmales, von Falten zerfurchtes Gesicht, aber wache Augen und Hände, die früher einmal wahre Pranken gewesen sein mussten und selbst jetzt noch stark wirkten, obwohl sie praktisch nur noch aus Knochen und Sehnen bestanden, die wie dünne blaue Stricke durch die grau gewordene Haut stachen. Unter dem linken Arm trug er einen jener altmodischen Ziehharmonikaordner, wie man sie früher oft in Büros benutzt hatte, und aus der Brusttasche seines Anzuges ragte die schwarzgoldene Kappe eines Montblanc-Füllers. Nachdem er pedantisch die Tür hinter sich geschlossen hatte, machte er noch zwei weitere Schritte in den Raum hinein, ehe er fast abrupt stehen blieb und sich nervös umsah. Auch wenn ich wusste, dass es nicht so war: Er wirkte überrascht, als wären wir so ziemlich das Letzte, was er hier zu finden erwartet hatte, aber auch zugleich ein wenig hilflos.

»Guten Abend«, sagte er schließlich.

Niemand antwortete. Der Mann wirkte irgendwie enttäuscht – hatte er erwartet, dass wir wie eine Schulklasse aufstehen und im Chor mit »Guten Abend« antworten würden?

Der Fremde räusperte sich, trat noch eine oder zwei Sekunden lang linkisch von einem Fuß auf den anderen und straffte sich dann demonstrativ. »Ich muss mich für die Verspätung entschuldigen, aber ...«

»Jaja, schon gut«, unterbrach ihn Ed. »Wer sind Sie?«

Der Ankömmling blinzelte. Ein betroffener Ausdruck erschien auf seinem Gesicht. »Ich ... äh ... ja, natürlich, Entschuldigung«, stammelte er. »Wie ... wie unaufmerksam von mir. Bitte verzeihen Sie, aber ich bin ...«

Er brach ab, und für einen Moment sah er so hilflos aus, dass er mir schon fast Leid tat. Ed schürzte abfällig die Lippen, verkniff sich aber gottlob jede weitere Bemerkung, und auch Ellen beließ es bei einem bezeichnenden Hochziehen der linken Augenbraue.

»Von Thun«, sagte der Fremde. »Gero von Thun ... aber das *von* können Sie getrost vergessen. Ich meine: Wir leben ja schließlich nicht mehr im neunzehnten Jahrhundert, oder?«

Ed verdrehte die Augen. »Stimmt«, sagte er, »und wer ...?«

»Oh, ja, natürlich.« Von Thun trat nervös von einem Fuß auf den anderen, wobei er fast seinen

Ordner fallen gelassen hätte. »Ich ... ähm ... bin – war – der Assistent von Herrn Flemming. Zuerst von Herrn Flemming senior und später von Herrn Flemming junior. Ich bin – war – sozusagen sein ...« Er suchte nach Worten.

»Majordomus?«, schlug Ed grinsend vor.

Von Thun wirkte noch irritierter und hilfloser, aber diesmal fing er sich deutlich schneller. »Bürovorsteher kommt der Sache wohl näher«, antwortete er. »Herr Flemming junior hatte mich gebeten, ihn auf diese Reise zu begleiten. Ursprünglich wollte er selbst kommen, aber er ist leider verhindert, sodass ich mich bereit erklärt habe, für ihn einzuspringen. Obwohl ich gestehen muss, dass ...«

»Dann sind Sie also derjenige, der uns endlich aufklären kann, was das alles hier zu bedeuten hat«, unterbrach ihn Stefan.

»Ich kann es zumindest versuchen«, antwortete von Thun. »Aber ich bin selbst ... wissen Sie, ich ... ich bin eigentlich schon seit drei Jahren in Rente und helfe nur manchmal noch in der Kanzlei aus, wenn Not am Mann ist, und ...«

Ellen verdrehte abermals die Augen und auch Judith schien nur noch mit Mühe ihre Selbstbeherrschung zu wahren. Mir hingegen tat von Thun mittlerweile einfach nur Leid. Der Mann war sichtlich überfordert – vorsichtig ausgedrückt. Während er noch weiter herumdruckste und immer angestrengter (und vergeblicher) nach Worten suchte, stand ich rasch auf, ging um den Tisch herum und streckte ihm die Hand entgegen.

»Vielleicht sollten wir uns erst einmal vorstellen«, sagte ich. »Mein Name ist Gorresberg. Frank Gorresberg.«

»Ich weiß.« Von Thun erwiderte meinen Händedruck mit unerwarteter Kraft. »Ich bin über Ihre Personalien informiert. In den Unterlagen, die Herr Flemming mir zur Verfügung gestellt hat, befinden sich auch Lichtbilder und ein kurzer Lebenslauf, müssen Sie wissen.« *Lichtbilder.* Ich konnte mich gar nicht mehr erinnern, wann ich diesen Ausdruck das letzte Mal gehört hatte.

»Wir müssen etwas ganz anderes wissen«, nörgelte Ed, aber ich ignorierte ihn, ergriff von Thun kurzerhand mit der freien Linken am Ellbogen, ohne seine andere Hand dabei loszulassen, und dirigierte ihn mit sanfter Gewalt auf einen der beiden frei gebliebenen Stühle neben Maria. Er leistete keinen Widerstand, setzte sich aber nicht, sondern warf nur seinen Ordner auf den Tisch und stützte sich mit beiden Händen schwer auf die Rückenlehne des Plastikstuhls. Das dünne Material begann sich unter seinem Gewicht zu verformen und er ließ los und richtete sich erschrocken wieder ein wenig auf.

»Bitte, Herr von Thun«, sagte Ellen. »Ich möchte nicht unhöflich sein, aber …«

»Ich verstehe.« Von Thun nickte nervös und ungefähr ein halbes Dutzend Mal hintereinander, streckte die Hand nach seinem Ordner aus und zog den Arm dann wieder zurück, ohne ihn berührt zu haben. »Also gut, ich werde versuchen, Sie aufzuklären, so weit mir das möglich ist.« Er räusperte sich. »Inwieweit hat Herr Flemming Sie bereits unterrichtet, wenn ich fragen darf?«

»So gut wie gar nicht«, sagte Judith.

»Wir werden reich«, fügte Ed hinzu.

»Nun, zumindest zwei von Ihnen«, antwortete von Thun. »Vielleicht auch mehrere.«

»Was genau soll das heißen?«, fragte Ed misstrauisch.

Von Thun wirkte verlorener denn je. Seine Hände kneteten die Rückenlehne des Gartenstuhls, aber irgendwie hatte ich trotzdem das Gefühl, dass er Ed für seine Frage im Stillen dankbar war. Ich hatte selten jemanden getroffen, der so gründlich die Orientierung verloren hatte wie er in diesem Moment.

»Ich sehe schon, ich muss ein wenig weiter ausholen«, seufzte er, während er sich bereits setzte und mit der linken Hand einen Stapel eng beschriebener Computerausdrucke aus seinem Ordner nahm und mit der anderen eine winzige randlose Brille aus der Westentasche zog, die er mit einem gekonnten Schwung auseinander klappte und aufsetzte. »Die Kanzlei Flemming & Sohn vertritt seit mittlerweile vier Generationen die Interessen der Familie Sänger, die in der Vergangenheit hier in Crailsfelden ansässig war. – Hat einer der Herrschaften schon einmal den Namen Sänger gehört?«

Alle – mit Ausnahme Maria – schüttelten den Kopf. Maria nickte nicht direkt, aber irgendwie signalisierte sie Zustimmung, ohne auch nur eine Miene zu verziehen.

»Sänger?« Judith runzelte die Stirn. »Irgendwie kommt mir dieser Name bekannt vor.«

»Zerberus hat ihn nicht erwähnt«, sagte ich.

»Sänger-Institut«, erklärte Maria in ihrem schulmeisterlichen Ton. »So hieß das Internat, das hier untergebracht war.« Dann runzelte sie die Stirn. »Aber wen meinen Sie mit Zerberus?«

»Unseren freundlichen Chauffeur«, antwortete ich. »Den Wirt aus der *Taube*.«

»Carl.« Maria nickte. Sie versuchte ein Lächeln zu

unterdrücken, aber es gelang ihr nicht ganz. »Den Namen habe ich noch nicht gehört, aber irgendwie passt er, finde ich.«

»Das ist korrekt ... das mit dem Institut meine ich.« Von Thun riss das Gespräch zusätzlich mit einer entsprechenden Geste wieder an sich. »Unter anderem hat die Familie Sänger auch dieses Kloster renoviert und durch eine großzügige Spende über nahezu drei Jahrzehnte einen Internatsbetrieb für hochbegabte Schüler hier aufrechterhalten.«

»Wie interessant«, sagte Ed. »Und was haben *wir* damit zu tun?« Soweit es ihn anging, vermutlich weniger als nichts, dachte ich. Ed und ein Internat für Hochbegabte? Bestimmt nicht.

Als hätte er meine Gedanken gelesen, drehte Ed den Kopf und sah mich kurz und fast feindselig an. Ich schenkte ihm das freundlichste Lächeln, das ich zustande bringen konnte, und wandte mich mit einem auffordernden Blick wieder an von Thun. »In den Briefen Ihrer Kanzlei stand etwas von einer Erbschaftsangelegenheit.«

Ellen maß mich mit einem fast verächtlichen Blick, aber das war mir egal. Mein Einwurf hatte nichts mit meiner Geldgier zu tun (jedenfalls nicht nur); ich kannte Menschen wie von Thun hinlänglich, um zu wissen, dass wir morgen früh noch hier sitzen und uns die Geschichte der Familie Sänger anhören würden, wenn ihn nicht jemand bremste.

»Das ist richtig«, sagte von Thun in leicht enttäuschtem Tonfall. Seine Finger blätterten in dem Papierstapel, aber er warf nicht einmal einen Blick darauf. »Wie gesagt: Unsere Kanzlei vertritt die Interessen der Familie Sänger seit vier Generationen – oder hat sie vertreten, um genau zu sein.«

»Hat?«, fragte Stefan.

»Das letzte Mitglied der Familie Sänger ist vor mehr als zehn Jahren gestorben«, sagte Maria.

Diesmal war ich nicht der Einzige, der sie überrascht ansah. Einzig von Thun wirkte kein bisschen überrascht, sondern eher zufrieden. »Vor neunzehnhundertneunzig, um genau zu sein«, sagte er. »Mit Klaus Sänger ist der letzte Angehörige der Familie Sänger gestorben – zumindest der letzte Vertreter dieser Familie in direkter Linie.«

»Und was tun wir dann hier?«, fragte Stefan.

»Klaus Sänger hat ein Vermögen in nicht unbeträchtlicher Höhe hinterlassen«, antwortete von Thun. »Ich bin im Moment nicht befugt, Auskunft über die genaue Höhe der Vermögenswerte zu geben. Aber sie ist ... nicht unbeträchtlich.«

»Einigen wir uns doch einfach darauf, dass wir über ziemlich viel Geld reden«, schlug Ed vor. »Für den Gegenwert eines Abendessens bei McDonald's hätten Sie uns kaum hierher zitiert, oder?«

»Nein«, antwortete von Thun. »Sicher nicht.« Er wirkte irritiert. Ich war ziemlich sicher, dass er den Begriff McDonald's in seinem ganzen Leben noch nicht gehört hatte.

»Aber wieso dürfen Sie uns keine genaue Auskunft geben?«, hakte Ellen nach.

»Wie gesagt: Ich muss etwas weiter ausholen«, antwortete von Thun. »Die direkte Familienlinie der Sängers endete zwar mit dem Tod von Klaus Sänger, aber damit hat sich unser Mandat noch nicht erledigt. Herr Flemming junior ist nicht nur Rechtsanwalt, sondern auch Notar, und in dieser Eigenschaft oblag ihm selbstverständlich auch die Abwicklung des Nachlasses.«

»Endlich kommen Sie zur Sache«, sagte Ed.

Von Thun warf ihm einen leicht irritierten Blick zu, ging aber nicht weiter auf die Bemerkung ein, sondern strich nur glättend mit den Fingerspitzen über die Papiere, die vor ihm auf dem Tisch lagen, und fuhr fort: »Mit Klaus Sänger hat die direkte Linie der Familie Sänger geendet, aber wie gesagt: Die Familie Sänger lebte seit dem frühen Mittelalter hier in Crailsfelden …«

»… und Sie wollen uns jetzt erklären, dass wir um fünfundvierzig Ecken mit dem alten Zausel verwandt sind«, fiel ihm Ed ins Wort. Er machte eine unwillige Geste. »Wir sind also alle eine große glückliche Familie, wie? Ich glaube, so weit haben wir das alle auch schon verstanden.«

»Ja, und leider kann man sich seine Verwandten ja nicht aussuchen«, murmelte ich.

Ed starrte mich finster an, aber ich lächelte ihm nur zu, und auch Judith hatte alle Mühe, ein Grinsen zu unterdrücken. Ich war nicht der Einzige, der Ed einen feindseligen Blick zuwarf. Er ging nicht so weit, direkt zu fragen: *Wie viel bekommen wir?* Aber die Frage stand wie mit roten Neonlettern auf seine Stirn geschrieben. Nicht dass es mir anders ergangen wäre. Natürlich interessierte uns alle im Grunde nur diese Frage. Aber Eds ständiges Genörgel war alles andere als produktiv. Wenn ihn niemand bremste, dann saßen wir möglicherweise noch morgen früh hier und warteten darauf, dass von Thun endlich die Katze aus dem Sack ließ.

»So … könnte man es ausdrücken«, sagte von Thun irritiert. Er räusperte sich. »Ja, um … es auf einen Nenner zu bringen, Sie sechs hier sind die letzten Nachkommen der Familie Sänger, wenn auch teilweise wirklich – wie Sie es ausgedrückt haben – um vierzig Ecken. Klaus Sänger hat schon zu Lebzeiten niemals einen Zweifel daran aufkommen lassen, dass ihm daran gelegen war, sein Erbe nicht dem Staat oder irgendwelchen ominösen Institutionen anheim fallen zu lassen. Insofern oblag es also der Kanzlei Flemming & Sohn, die letzten Nachfahren der Familie ausfindig zu machen – was nicht leicht war, wie ich betonen möchte.«

»Klaus Sänger ist vor fünfzehn Jahren gestorben«, sagte Maria. »Ungefähr.«

Von Thun seufzte. »Ich weiß«, sagte er betrübt. »Wie gesagt: Es war nicht einfach. Wir mussten umfangreiche genealogische Nachforschungen anstellen, Briefe und Faxe an Stadtverwaltungen und Archive schicken, jahrhundertealte Kirchenbücher einsehen ...« Er seufzte. »Ich allein habe Dutzende von Reisen unternommen ...«

»... und uns am Ende aufgespürt«, sagte Ellen. »Ich bin sicher, das war eine großartige Leistung, aber ich ...«

»Sie möchten wissen, wie genau das Testament Klaus Sängers nun aussieht«, sagte von Thun. »Das kann ich verstehen. Ohne ins Detail gehen zu wollen – was ich im Moment weder kann noch darf, wie Sie sicher verstehen werden ...«

»Um ehrlich zu sein, nein.« Diesmal war ich es, der von Thun unterbrach. »Ich hob die Hände, als er antworten wollte, und fuhr mit einem Beistand heischenden Blick in die Runde fort: »Ich kann durchaus verstehen, dass Sie Zeit benötigen, um sich in die Unterlagen einzuarbeiten, aber wieso dürfen Sie uns nichts sagen?«

Von Thun antwortete nicht gleich. Er sah mich irgendwie hilflos an, aber ich konnte auch sehen, wie schwer ihm die Entscheidung fiel, die er nun zu treffen hatte. Schließlich seufzte er tief. »Ja, wahrscheinlich haben Sie Recht«, sagte er niedergeschlagen. »Ich kann Sie ja verstehen.« Er sah eine geschlagene Sekunde lang unglücklich auf den Papierstapel vor sich herab, dann schob er ihn mit einer irgendwie resignierend wirkenden Bewegung in den Ziehharmonikaordner zurück.

»Also gut«, begann er von neuem, nachdem er sich umständlich geräuspert und einen neuerlichen, langen Blick in die Runde geworfen hatte. »Ich werde versuchen, Sie zu informieren, so weit mir das möglich ist. Aber bitte, nageln Sie mich später nicht auf Einzelheiten fest.«

»Jaja, schon gut«, sagte Ed. »Also?«

»Wie gesagt«, begann von Thun, »Klaus Sänger war ein etwas ... Sie würden wahrscheinlich sagen: exzentrischer Mensch.« Ich tauschte einen fragenden Blick mit Judith. Ich konnte mich beim besten Willen nicht erinnern, dass er das schon gesagt hatte. Judith offenbar auch nicht, denn ich erntete nur ein unglückliches Achselzucken als Antwort. »Es ist mir leider nicht gestattet, den genauen Wortlaut des Testamentes vorzulesen ...«

»Warum nicht?«, wollte Stefan wissen.

»Ich bin kein Notar«, antwortete von Thun. »Leider sind in einem solchen Fall gewisse ... formaljuristische Regeln einzuhalten.«

»Damit nicht hinterher ein Enkel um siebenundfünfzig Ecken ankommt und das gesamte Testament anfechten kann«, vermutete Judith. »Ich verstehe.«

»So ungefähr«, bestätigte von Thun.

Ellen seufzte. »Bitte verstehen Sie mich nicht

falsch, Herr von Thun ... aber wenn Sie uns sowieso nichts sagen dürfen, warum sind wir dann hier?«

Von Thun schien ein kleines Stück in sich hineinzukriechen und wirkte noch unglücklicher. »Selbstverständlich wird die wirkliche Testamentseröffnung in unserer Kanzlei stattfinden«, sagte er, »und ebenso selbstverständlich wird Herr Flemming selbst anwesend sein, wenn das Testament verlesen wird. Aber zuvor sind gewisse ... Vorbereitungen zu treffen, und es war der ausdrückliche Wunsch Klaus Sängers, dass Sie alle sich *hier* das erste Mal begegnen, auf dem alten Familiensitz.«

»Vorbereitungen?« Stefan klang mit einem Male misstrauisch.

»Wie gesagt, es ist mir nicht gestattet, zu diesem Zeitpunkt schon zu viel zu verraten«, antwortete von Thun unglücklich. »Dennoch kann ich Ihnen so viel sagen: Sie sechs hier sind die letzten Nachkommen der Familie Sänger, die wir ausfindig machen konnten, und Klaus Sänger hat in seinem letzten Willen verfügt, dass sein Vermögen – nach Erfüllung gewisser Bedingungen – zu gleichen Teilen an seine letzten Nachkommen vermacht werden soll, und somit an Sie.«

Eds Augen leuchteten auf. Er begann unruhig auf seinem Stuhl hin und her zu rutschen und auch Ellen wirkte plötzlich deutlich angespannt. Aber vermutlich sah auch ich in diesem Moment nicht unbedingt gelangweilt aus.

»Ohne zu viel zu sagen«, fuhr von Thun fort. »Sollte das Vermögen zu gleichen Teilen aufgeteilt werden, dürfte für jeden von Ihnen eine Summe in deutlich siebenstelligem Bereich anfallen, nur was das Bargeld und das Aktienvermögen Klaus Sängers angeht. Dabei sind die – wie ich betonen möchte: beträchtlichen – Immobilienwerte noch gar nicht berücksichtigt.«

Das erstaunte Raunen, auf das ich wartete, blieb aus. Alles andere aber auch. Alle – selbst Maria – starrten von Thun einfach nur mit mehr oder weniger fassungslosem Gesicht an. Siebenstellig? Ich war noch nie besonders gut in Mathematik gewesen, aber das verstand vermutlich sogar Ed. Jeder von uns würde *mehr als eine Million* erben? Und was bedeutete überhaupt *mehr* als eine Million? Das konnten anderthalb sein, aber auch fünf oder neun. Mir begann leicht schwindelig zu werden. Flemming hatte am Telefon die eine oder andere entsprechende Andeutung gemacht, aber das …

Schließlich war es Ellen, die das atemlose Schweigen brach. »Was genau meinen Sie mit *sollte*?«

»Klaus Sänger hat ein paar Bedingungen an das Erbe geknüpft«, antwortete von Thun. »Ich kann Sie beruhigen: Bei den meisten handelt es sich nur um Formalitäten, über die Sie sich nicht den Kopf zerbrechen sollten.«

»Zum Beispiel?«, fragte Judith.

»Sie müssten sich zum Beispiel einverstanden erklären, gewisse Immobilien nicht zu veräußern.«

»Zum Beispiel diese Ruine hier«, vermutete Ed.

»Zum Beispiel«, bestätigte von Thun. »Klaus Sänger wollte offensichtlich verhindern, dass sein Erbe …« Er suchte nach Worten.

»Verschleudert wird?«, schlug ich vor. Ich wollte es nicht, aber ich konnte nicht verhindern, dass mein Blick dabei in Eds Richtung irrte. Eds Gesicht wurde noch finsterer, aber Ellen gab sich nicht einmal Mühe, ein Grinsen zu unterdrücken.

»Darüber hinaus gibt es gewisse Institutionen und Stiftungen, die Sie weiterhin aufrechterhalten müssten ...« Er hob die Schultern. »Aber wie gesagt: Zumindest nach dem Einblick, den ich bisher in die Aktenlage habe, dürfte der verbliebene Rest immer noch enorm sein. Mehr als nur ein kleines Vermögen, um es vorsichtig auszudrücken.«

»Und wo ist der Haken?«, fragte Ed geradeheraus.

Von Thun druckste einen Moment lang herum. Er sah keinen von uns direkt an, als er antwortete. »Wie gesagt, Klaus Sänger war ein wenig exzentrisch. Er hat verfügt, dass nur zwei von Ihnen in den Genuss des Erbes gelangen sollen. Und auch das erst nach einer gewissen Weile und nach Erfüllung gewisser ... äh ... Bedingungen.«

»Und wie genau sehen diese Bedingungen aus?«, fragte Ellen.

Von Thun räusperte sich unbehaglich. »Klaus Sänger hat verfügt, dass sein gesamtes Vermögen weiterhin im Besitz der Familie bleibt«, antwortete er. »Um dies zu erreichen, müssten zwei der hier Anwesenden heiraten und ihren Familiennamen in Sänger umändern lassen.«

Diesmal dauerte das Schweigen, das sich im Raum ausbreitete, länger.

»Soll ... soll das ein Witz sein?«, murmelte Maria schließlich.

»Ich fürchte, nein«, antwortete von Thun. »Klaus Sängers erklärtes und vorrangigstes Ziel war es, die Familie nicht aussterben zu lassen. Die Bedingungen in seiner letztwilligen Verfügung sind da ganz eindeutig, fürchte ich.«

»Also, jetzt mal langsam, zum Mitschreiben«,

sagte Ed. »Sie wollen sagen, dass zwei von uns heiraten und den Namen Sänger annehmen müssen und dann gibt es das Geld?«

»Das ist doch wohl ein Scherz!«, sagte Maria empört. »Sie glauben doch wohl nicht im Ernst, dass …«

»… irgendjemand dich freiwillig heiraten würde, *Schätzchen*?«, unterbrach sie Ed grinsend. Er schüttelte den Kopf. »Keine Sorge.«

»Bitte!«, sagte Ellen. »Das muss ja jetzt wohl nicht sein.«

»Ich finde schon«, sagte Maria wütend. »Das ist absurd!«

»Jetzt reg dich wieder ab«, knurrte Ed. »Wo ist das Problem? Zwei von uns heiraten, ändern ihren Namen und kassieren die dicke Kohle. Und sobald wir sie haben, lassen wir uns wieder scheiden.« Er grinste so breit, als versuchte er, seine eigenen Ohrläppchen zu verschlucken. »Sänger ist kein schlechter Name, finde ich. Für ein paar Millionen in cash lasse ich mich auch auf Hansrudi Knickebein umtaufen, wenn's sein muss.«

»Ich fürchte, ganz so einfach wird es nicht sein«, sagte von Thun. »Das Sänger-Vermögen ist momentan treuhänderisch angelegt und das wird auch noch für mindestens fünf Jahre so bleiben. Es ist nicht damit getan, eine Scheinehe zu schließen und sich danach wieder scheiden zu lassen. Ich fürchte, das hat Klaus Sänger vorausgesehen.«

»Wär ja auch zu schön gewesen«, knurrte Ed. »Und welche beiden von uns sind nun die glücklichen? Ich meine: Was machen Sie, wenn zwei Paare ja sagen? Oder gleich drei?«

Von Thun hob die Schultern. »Wie gesagt, das

Erbe ist im Moment treuhänderisch angelegt und somit blockiert. Das Paar, das zuerst heiratet, die Namensänderung durchführt und eine weitere Bedingung erfüllt, kommt in den Genuss des gesamten Erbes.«

»Eine weitere Bedingung?«, fragte Stefan misstrauisch.

»Lasst mich raten«, sagte Ellen. »Das Geld kommt bei der Geburt des ersten Kindes zur Auszahlung.«

»Drei Jahre nach der Geburt eines geistig und körperlich gesunden Kindes, um genau zu sein«, sagte von Thun. Er wirkte ziemlich unglücklich und das konnte ich ihm auch nicht verdenken.

»Das meinen Sie jetzt nicht ernst«, sagte Judith.

»Ich fürchte doch«, sagte von Thun. »Wie gesagt: Klaus Sänger wollte unter allen Umständen verhindern, dass die Familienlinie endgültig erlischt.«

»Anscheinend wollte er auch, dass die neue Familie Sänger nur aus schwachsinnigen, geilen Böcken besteht«, sagte Maria. »Kein normaler Mensch lässt sich doch auf so einen ungeheuerlichen Vorschlag ein!«

»Ich schon«, sagte Ed.

»Eben«, versetzte Maria trocken.

»Meine Herrschaften, ich bitte Sie!« Von Thun hob besänftigend die Hände und kroch dann erschrocken wieder ein Stück weit in sich hinein, als ihm klar wurde, dass sich die allgemeine Feindseligkeit plötzlich auf ihn zu konzentrieren drohte. Deutlich leiser und wieder mehr an seinen Aktenordner als an uns gewandt fuhr er fort: »Ich habe befürchtet, dass Sie so oder ähnlich reagieren würden, aber bitte bedenken Sie, dass dieser Vorschlag nicht von mir kommt oder von der Kanzlei Flemming.«

»Sondern von Klaus Sänger, das ist uns schon klar«, sagte Stefan. Anscheinend war er als Einziger darum bemüht, die Wogen zu glätten. Ich konnte allerdings auch sehen, wie sich die kleinen Zahnrädchen und Hebel hinter seiner Stirn immer schneller und schneller zu drehen begannen. »Aber Sie müssen auch unsere ... Verwirrung verstehen. Wir reden hier immerhin über eine sehr ernste Angelegenheit.«

»Wir reden hier vor allem über sehr viel Geld«, sagte Ed. Er deutete herausfordernd mit den gespreizten Fingern der rechten Hand auf von Thun. »Ist das jetzt alles oder haben Sie noch mehr Überraschungen auf Lager?«

»Im Großen und Ganzen sind dies die einzigen Bedingungen, die an das Erbe geknüpft sind«, sagte von Thun unglücklich.

»Das reicht ja wohl auch«, sagte Stefan. Er sah enttäuscht aus, aber auch ein bisschen wütend. »Was für ein Schwachsinn! Ich meine: Was passiert eigentlich, wenn diese so genannte Ehe tatsächlich zustande kommt und die beiden Glücklichen einfach keine Kinder kriegen?«

»Das halte ich für unwahrscheinlich«, antwortete von Thun. »Aber ich bitte Sie jetzt alle, nicht vorschnell zu reagieren. Mir ist klar, wie Sie sich im Augenblick fühlen müssen. Glauben Sie mir, auch mir selbst ist alles andere als wohl zumute, vor allem in Anbetracht der Umstände, die uns hier zusammengebracht haben. Wenn ich deshalb einen Vorschlag machen dürfte?«

»Nur zu«, sagte Ed feindselig. »Teilen wir Baseballschläger aus und klären die Sache gleich an Ort und Stelle? Wer übrig bleibt, kriegt alles?«

»Da wäre ich eher für einen Buchstabierwettbewerb«, sagte Judith freundlich. »Wir geben dir auch eine faire Chance. Keine Worte über drei Buchstaben.«

Diesmal war das, was in Eds Augen aufblitzte, kein Ärger mehr, sondern etwas Schlimmeres. Er antwortete nicht sofort, sondern spannte sich, fast als wolle er tatsächlich aufspringen und sich auf Judith stürzen, und ich ertappte mich tatsächlich einen Sekundenbruchteil lang bei der Überlegung, was ich tun sollte, wenn Ed es tatsächlich wissen wollte. Ich war ziemlich sicher, dass ich diesem Möchtegernrambo gewachsen war, aber ich legte keinen besonderen Wert darauf, es herauszufinden. Jedenfalls jetzt noch nicht.

Ed anscheinend auch nicht, denn er beließ es bei einem drohenden Aufplustern und sank dann wieder in seinen Stuhl zurück. Aber aufgeschoben war ja schließlich nicht aufgehoben, oder?

»Wenn ich einen Vorschlag machen dürfte«, sagte von Thun. »Es ist spät geworden und wir alle haben eine aufregende Zeit hinter uns.«

»Ach?«, fragte Ed.

»Vielleicht sollten wir uns alle ein wenig Ruhe gönnen.« Von Thun sah demonstrativ auf die Uhr – überflüssig zu erwähnen, dass es sich um eine altmodische Taschenuhr handelte, die er an einer Kette aus der Westentasche zog, um den Deckel aufzuklappen und einen Blick auf das Zifferblatt zu werfen – und warf dann einen weiteren, ebenso auffordernden wie leicht vorwurfsvollen Blick in die Runde. Er kam mir vor wie ein Lehrer, der sich den berüchtigtsten Rabauken der Schule gegenübersieht und verzweifelt darüber nachdenkt, wie er ihnen beibringen soll, dass der geplante Klassenausflug nach Disneyland kurzfristig in eine Wallfahrt nach Lourdes umgewandelt worden ist. Er atmete hörbar ein, bevor er weitersprach:

»Carl hat oben Zimmer für Sie alle vorbereitet. Wahrscheinlich ist es nicht der Standard, den Sie gewohnt sind, aber sie sind sauber und trocken und einigermaßen warm. Und ich denke, für eine Nacht wird es gehen. Warum ziehen wir uns nicht zurück und treffen uns morgen früh ausgeruht und mit klarem Kopf hier wieder?«

»Hier?«, ächzte Ed.

»Was ist dagegen zu sagen?« Nicht dass ich diese Umgebung als besonders angenehm oder irgendwie romantisch empfand, aber darüber hinaus kam mir von Thuns Vorschlag höchst vernünftig vor. »Es sei denn, du hättest Angst vor dem Burggespenst.«

»Gibt es keine Zimmer in der *Taube*?«, fragte Ed, ohne auf meine Spitze einzugehen. Gottlob! Die plumpe – und vollkommen überflüssige – Provokation tat mir schon längst wieder Leid.

»Die gibt es«, sagte Maria. »Aber glauben Sie mir, Sie wollen dort nicht schlafen.«

»Ich finde die Idee ganz in Ordnung«, sagte Ellen. »Ich bin tatsächlich müde, und ich denke, wir sollten alle erst einmal eine Nacht über dem Gehörten schlafen, bevor wir vorschnell entscheiden und vielleicht einen Fehler machen.«

»Wenn du mich heiratest, Liebling, machst du ganz bestimmt keinen Fehler«, grinste Ed.

»Nein«, antwortete Ellen liebenswürdig. »Aber ich bin ziemlich sicher, du würdest es bereuen.« Sie stand auf. »Ich hoffe doch, dass wenigstens die Duschen in dieser Ruine noch funktionieren.«

»Nicht in den einzelnen Zimmern«, gestand von Thun kopfschüttelnd. »Das Internat wurde in den Fünfzigerjahren umgebaut. Es gibt gemeinschaftliche sanitäre Anlagen auf jedem Flur. Aber sie sind funktionsfähig, soweit ich weiß. Carl kann Ihnen alles zeigen. Er sieht hier dann und wann nach dem Rechten.«

»Also im Klartext: Das Gemeinschaftsklo ist auf dem Flur«, sagte Ed. Er schob seinen albernen Cowboyhut in den Nacken. »Das kann ja heiter werden.«

»Halt durch, Liebling.« Ellen spitzte die Lippen zu einem Kussmund. »Wenn du der Auserwählte sein solltest, kannst du dir demnächst dein privates Klo mit vergoldeter Brille kaufen.« Sie wandte sich direkt an von Thun. »Unser Gepäck wird nach oben gebracht?«

»Das ist bereits geschehen«, antwortete von Thun. Er klang hörbar erleichtert. »Carl wird Ihnen Ihre Zimmer zeigen. Ich schlage vor, dass wir uns morgen früh um neun Uhr wieder hier treffen.«

»Na super«, sagte Ellen. »Ich habe mir immer schon gewünscht, einmal in einer zugigen Ruine übernachten zu dürfen.«

»Und?« Ed grinste. »Was ist schlimm daran – wenn du eine 30-Prozent-Chance hast, dass dir diese Ruine bald gehört?«

Ellen verzichtete vorsichtshalber auf eine Entgegnung und stand auf. Abgesehen von Maria, die unglücklicher aussah denn je, erhoben sich auch alle anderen, selbst von Thun. Er schien darauf zu warten, dass noch irgendjemand etwas sagte, zuckte aber dann nur die Achseln und schlurfte mit hängenden Schultern zur Tür. Niemand war besonders überrascht, als er sie öffnete und wir sahen, dass Zerberus – Carl – davor stand. Er sah leicht ertappt aus. Vermutlich hatte er gelauscht. Ich an seiner Stelle hätte es getan.

*

Der Weg nach oben war … sonderbar. Unheimlich wäre vermutlich der treffendere Ausdruck gewesen, aber irgendetwas in mir weigerte sich in diesem Moment beharrlich, das Wort zu benutzen. Draußen in der Halle brannte noch immer kein Licht, aber Carl hatte seine Taschenlampe gegen einen tragbaren Scheinwerfer ausgetauscht, der eine grellweiße Spur in die wattige Dunkelheit der Halle stanzte. Die Dunkelheit wäre mir jedoch beinahe lieber gewesen. Der grelle Lichtbalken riss erbarmungslos alle Anzeichen des Verfalls aus der Schwärze, der von dem ehemals vermutlich beeindruckenden Gebäude Besitz ergriffen hatte, schien die Dunkelheit dahinter jedoch noch zu betonen. Wir bewegten uns durch einen Tunnel aus greller Helligkeit, der im gleichen Tempo wie wir selbst vor uns herwanderte, aber die Schwärze, in die er hineinstach, war absolut; eine perfekte Leinwand für alle Monster und Schreckensbildnisse, die normalerweise gut verwahrt in den tiefsten Abgründen meines Unterbewusstseins schlummern sollten. Mein Herz klopfte so heftig, während ich dicht hinter Carl auf die nach oben führende Treppe zuging, dass ich für einen Moment felsenfest davon überzeugt war, dass alle anderen es hören mussten.

Vielleicht war das sogar so. Aber wenn, dann beachteten sie es vermutlich nicht, weil sie alle Hände voll damit zu tun hatten, ihre eigenen Ängste und Alpträume im Zaum zu halten. Selbst Ed ersparte sich jeden Kommentar.

Es wurde ein wenig besser, als wir die Treppe hinaufgingen. Carls Scheinwerferstrahl tanzte einen Moment lang ziellos hin und her, glitt über ausgetretene Marmorstufen und ein steinernes Geländer, das nicht unbedingt so aussah, als sollte man sich mit seinem gesamten Körpergewicht darauf lehnen, huschte über eine stuckverzierte Decke und riss für einen ganz kurzen Moment ein Gemälde aus der Finsternis. Ich konnte nicht genau erkennen, was es darstellte; vermutlich ein Porträt, denn ich hatte einen vagen, aber unangenehm tief gehenden Eindruck des Angestarrtwerdens. Der Lichtstrahl wanderte weiter, bevor ich noch Einzelheiten erkennen konnte, aber das machte es nicht besser. Im Gegenteil. Es war wie in einem jener alten Horrorfilme, die ich in meiner Jugend so gerne gesehen hatte: Die Monster waren furchteinflößender, je weniger man wirklich von ihnen sah.

»Wir müssen noch eine Etage höher«, sagte von Thun, nachdem wir das Ende der breiten Freitreppe erreicht hatten und uns einen hohen, holzvertäfelten Korridor entlangbewegten, an dessen Wänden zahlreiche gerahmte Bilder hingen. »Es tut mir Leid, dass ich Ihnen solche Umstände bereiten muss, aber dort oben haben wir wenigstens Licht.« Er keuchte leicht, was ich gut verstehen konnte. Selbst ich spürte die Anstrengung, die es mir bereitet hatte, die mindestens fünfzig ausgetretenen Steinstufen hinaufzugehen, die gerade eine Winzigkeit zu niedrig waren, um sie wirklich bequem zu überwinden. Für einen Mann in von Thuns Alter musste es eine

Tortur sein. Ich fragte mich, warum er diese Quälerei überhaupt auf sich nahm, beantwortete meine eigene Frage aber auch praktisch im gleichen Augenblick selbst: Weil sein Zimmer auch dort oben lag – so einfach war das.

»Habt ihr die Stromrechnung für die unteren Etagen nicht bezahlt?«, witzelte Ed.

»Ich hab auf die Schnelle nur den Notstromgenerator in Gang gekriegt«, antwortete Carl. »Die Leistung reicht nicht, um das ganze Gebäude zu versorgen. Ich kümmere mich gleich morgen früh darum.«

»Na, das will ich auch hoffen«, sagte Ed. »Schließlich will ich mein neues Leben als Multimillionär nicht im Rollstuhl beginnen, weil ich mir in dieser Bruchbude den Hals gebrochen habe.«

»Die Zunge würde ja schon reichen.« Es war nicht genau zu bestimmen, wer diese Worte gesagt hatte, aber sie taten ihre Wirkung. Ed hielt endlich die Klappe, und ich konnte das Grinsen, das sich auf den Gesichtern der anderen ausbreitete, geradezu hören. Zumindest für den Rest des Weges bis ins Dachgeschoss hinauf verschonte uns Ed mit seinen dämlichen Bemerkungen.

Genau wie Carl versprochen hatte, brannte zumindest im Dachgeschoss Licht – wenn man es so nennen wollte.

Auch hier gehörte nicht besonders viel Vorstellungskraft dazu, sich auszumalen, wie diese Räumlichkeiten einmal ausgesehen haben mochten; die Korridore waren etwas niedriger als unten, die Holzvertäfelungen an den Wänden etwas weniger erlesen, die Teppiche auf den Böden nicht ganz so kostspielig, und unter der Decke hingen sechs- oder achtarmige Kristalllüster, die dem Ganzen einen endgültigen Hauch von Luxus verliehen hätten – wäre nicht jemand hingegangen und hätte aus jedem zweiten Leuchter sämtliche und aus den übrig gebliebenen alle bis auf eine einzige Glühbirne herausgeschraubt (vermutlich war es Carl gewesen, um Kosten zu sparen), sodass der Weg eher zu einem gespenstischen Spießrutenlauf durch Bereiche von wechselnd intensiver Dunkelheit geriet. Carls Handscheinwerfer, dessen Lichtstrahl noch immer wie betrunken vor uns hin und her schwankte, blieb die mit Abstand ergiebigste Lichtquelle, die dann und wann das Fragment eines Gemäldes aus der Dunkelheit riss, ein Stück eines Türrahmens, einen asymmetrischen Streifen längst verblichener Stofftapeten oder einen Lichtschalter aus Messing; der einfache Weg zwei Treppen hinauf und dann durch einen niedrigen Korridor bis hin zu den Gästezimmern wurde auf diese Weise zu etwas anderem, das ich nicht genau in Worte fassen konnte, aber das eindeutig etwas Unheimliches hatte. Und ich musste weder fragen noch einen Blick in die Gesichter der anderen werfen, um zu begreifen, dass ich nicht der Einzige war, der innerlich aufatmete, als Zerberus endlich stehen blieb und seine Lampe wild hin und her schwenkte, als wäre ihr Lichtstrahl ein Speer, mit dem er in trübem Wasser herumstocherte, um einen Fisch aufzuspießen.

»Wir sind da«, sagte er und leuchtete auf unser Gepäck, das aufgereiht im Flur stand. »Die Zimmer sind alle gleich. Sucht euch eins aus, mir ist egal, wer wo schläft. Oder mit wem«, fügte er nach einer winzigen Pause (und in ganz leicht verändertem Ton, der weder mir noch den anderen entging) hinzu.

Zumindest *ich* fand seinen letzten Satz in höchstem Maße überflüssig.

Ed hob die Schultern, konterte mit einer noch viel überflüssigeren, anzüglichen Bemerkung und öffnete kurz entschlossen die Tür, die Carls Lichtstrahl vergeblich einzukreisen versuchte. Anscheinend wollte er erst gar keine Diskussion darüber aufkommen lassen, wer das erste Zimmer und damit den kürzesten Weg zurück zur Treppe und der richtigen Welt dahinter für sich beanspruchen durfte. »Kein Problem«, sagte er, »wir sind sowieso – *au, verdammt!*«

Etwas schepperte, dann ertönte ein grunzender Schmerzlaut und eine gute Sekunde später tauchte Eds vor Wut verzerrtes Gesicht wieder im Zentrum des Scheinwerferstrahles auf. Erstaunlicherweise schien Carl plötzlich keinerlei Probleme mehr damit zu haben, den Handscheinwerfer still zu halten.

»Verdammter Müll!«, beschwerte er sich. »Soll das ein schlechter Witz sein, oder was? Das ist –«

»– die Toilette«, unterbrach ihn Carl. »Wollt ich euch grad sagen.« Der Scheinwerferstrahl schwenkte kurz nach links und kehrte dann rasch und absolut zielsicher zu Eds Gesicht zurück. »Die Zimmer liegen daneben, alle auf dieser Seite des Gangs. Und noch was: Das Licht im Klo geht nicht. Ich bin noch nicht dazu gekommen, die Birne auszutauschen. Tut mir Leid.«

»Und was machen wir heute Abend?«, nörgelte Ed. »Die Beine zusammenkneifen oder hoffen, dass wir die richtige Tür erwischen?«

Ich konnte hören, wie Ellen scharf die Luft zwischen den Zähnen einsog. Offensichtlich war ich nicht der Einzige, dem Eds plötzliche Vorliebe für zotige Sprache nicht besonders gut gefiel. Carl kam ihr jedoch zuvor.

»Ich lasse Ihnen die Lampe hier«, sagte er. »Mit der richtigen Einstellung hält die Batterie die ganze Nacht.« Der Lichtstrahl flackerte, erlosch für einen Sekundenbruchteil ganz und war zu einem milden dunkelgelben Glimmen geworden, als er zurückkam. »Sehen Sie?«

»Ich sehe eher, dass ich nichts sehe.« Ed war offensichtlich auf Streit aus. Unter anderen Umständen hätte ich die Situation zweifellos genossen und mich zurückgelehnt, um entspannt zuzusehen, wer von ihnen zuerst aufgab. Aber spätestens seit wir dieses unheimliche Spukschloss betreten hatten, war *nichts* mehr normal; und die Umstände schon gar nicht.

»Das geht schon in Ordnung«, sagte ich rasch. »Es ist ja nur für diese eine Nacht.« Ich machte eine fragende Geste nach links. »Ich nehme an, du willst gleich das erste Zimmer, Eduard? Für den Fall, dass dir deine schwache Blase wieder zu schaffen macht.«

Ed gab sich alle Mühe, mich mit Blicken aufzuspießen, verkniff sich aber gottlob jegliche Antwort, und ich hätte ihm auch gar keine Gelegenheit zu einem Versuch gegeben, vielleicht doch noch einen Streit vom Zaun zu brechen, denn ich drehte mich rasch um, ging an ihm und den anderen vorbei und zählte die gleichförmigen Türen ab, die es auf der rechten Seite des Gangs gab. Ihrem Abstand nach zu schließen konnten die Zimmer dahinter kaum größer sein als ein begehbarer Schrank. Ed sagte schließlich doch noch irgendetwas, aber ich zog es vor, es nicht zu verstehen, sondern drückte, bei Tür

Nummer sechs angekommen, die Klinke herunter und wappnete mich innerlich gegen eine weitere unangenehme Überraschung, während ich mit der anderen Hand die Wand dahinter nach dem Lichtschalter abtastete. Ich fand ihn erst nach einigen Sekunden, denn er war deutlich tiefer angebracht, als ich es gewohnt war, und ich brauchte noch einmal zwei oder drei Sekunden, bis es mir gelang, ihn zu betätigen, denn auch dieser Schalter war kein Schalter, sondern ein Erster-Weltkriegs-Modell; ein schwergängiges Bakelit-Monster, das man mit spürbarem Kraftaufwand nach rechts oder links drehen musste, bis es klackend einrastete.

Was ich im Licht der schwachen Glühbirne sah, die daraufhin unter der Decke aufleuchtete, war in der Tat eine Überraschung; aber ich hätte nicht sagen können, ob sie wirklich *unangenehm* war. Das Zimmer war tatsächlich kaum breiter als ein sechstüriger Kleiderschrank, aber dafür so lang, dass man einen Lear-Jet darin hätte parken können: ein schmaler Schlauch, der bequem Platz für einen Schrank, ein Bett und einen Schreibtisch samt dazugehörigem Stuhl und Bücherregal bot, die allerdings hintereinander aufgereiht waren, und alle an der gleichen Wand, was den Anblick irgendwie noch bizarrer werden ließ. Um das Maß voll zu machen, war der Raum in den vorderen beiden Dritteln mindestens drei Meter hoch, wenn nicht mehr, während die Decke weiter hinten in eine holzvertäfelte Schräge überging. In der Mitte dieser Schräge befand sich ein schmales, vergittertes Fenster, das wahrscheinlich selbst an einem wolkenlosen Hochsommernachmittag kein nennenswertes Licht hereinließ. Der Anblick war so unwirklich, dass ich einen Moment lang ernsthaft überlegte, kehrtzumachen und mir eines der anderen Zimmer zu sichern, bevor es zu spät war. Aber dann zog ich die Tür mit einer entschlossenen Bewegung hinter mir ins Schloss und machte einen weiteren Schritt in den Raum hinein. Vermutlich *war* es bereits zu spät und mit ziemlicher Sicherheit sahen die anderen Zimmer auch nicht anders aus. Was hatte Carl gerade gesagt? *Das hier war eine Schule, kein Luxushotel?* Wie Recht er doch hatte …

Immerhin war das Bett frisch bezogen, und die Luft roch nicht annähernd so muffig, wie man es angesichts des unübersehbaren Alters dieses Raumes und seiner Einrichtung hätte erwarten können. Ich betrachtete meine Lagerstatt für diese Nacht einige Sekunden lang missmutig – irgendwie fand ich die Vorstellung wenig erhebend, in einem Bett nächtigen zu müssen, das zum letzten Mal vor zwanzig Jahren benutzt worden war, und das vermutlich von einem pubertierenden Internatszögling, der ganz bestimmt *nicht* die ganze Nacht brav die Hände auf der Bettdecke gefaltet hatte, aber dann wurde mir klar, wie albern dieser Gedanke war. Ich hatte schon an weitaus schlimmeren Orten geschlafen. Und mit ein bisschen Glück würde es nicht mehr allzu lange dauern und ich konnte mir ein Luxushotel *kaufen.* Samt der dazugehörigen, garantiert unbenutzten Betten.

Obwohl ich plötzlich spürte, wie müde ich war, legte ich mich noch nicht hin, sondern begann mit einer kurzen Inspektion des Zimmers. Der Kleiderschrank – wie das Bett, der Schreibtisch und das Bücherregal ein schweres, geschnitztes Möbelstück, an dem die Zeit zwar unübersehbare Spuren hinterlassen hatte, das aber trotzdem die Augen jedes Antiquitätenhändlers zum Leuchten gebracht hätte – war leer, und dasselbe galt für den Schreibtisch, dessen Schubladen ich eine nach der anderen aufzog, aber das Bücherregal war noch zur Hälfte gefüllt. Ein flüchtiger Blick über die verblassten Buchrücken zeigte mir, dass es sich größtenteils um Schulbücher handelte. Die meisten waren mir unbekannt, und eine überraschend große Anzahl der Titel war in Englisch abgefasst, was mir allerdings erst auf den zweiten Blick auffiel; die Jahre, die ich in den USA verbracht hatte, hatten dazu geführt, dass ich vermutlich eher Schwierigkeiten haben würde, Bücher in meiner Muttersprache zu lesen. Ich zog den einen oder anderen Band heraus und blätterte darin, ohne wirklich zu lesen. Der vertraute Geruch von altem Papier stieg mir in die Nase und mit ihm flüchtige Bilder und noch flüchtigere Geräusche: eine ganz Horde von Schülern in blauschwarzen Jacken und gleichfarbigen Kniehosen, die alle den Sekundenbruchteil nach dem Schrillen der Glocke nutzten, um aufzuspringen und den Klassenraum zu verlassen (und das selbstverständlich *gleichzeitig*), krakelige Kreidestriche auf einer verschrammten Schiefertafel, das Lärmen der Schüler unten auf dem Hof, das Knarren von Schritten auf den ausgetretenen Dielen der Treppe, die gedämpften Stimmen der anderen, die durch die dünnen Trennwände aus Sperrholz drangen …

Ich ließ das Buch mit einem so heftigen Knall in der Hand zuklappen, dass allein das Geräusch ausreichte, dass ich erschrocken zusammenfuhr.

Jedenfalls redete ich mir ein, dass es das Geräusch gewesen war …

Mein Herz klopfte. Plötzlich spürte ich, wie kalt es hier drinnen war und wie muffig die Luft trotz allem roch – nein, nicht *muffig*. Moderig. Als wäre irgendetwas verdorben und längst weggebracht worden, hätte aber einen ganz leisen Verwesungsgeruch in den Möbeln und Wänden hinterlassen, der nicht wirklich zu orten, aber auch nicht wirklich zu ignorieren war. Meine Hand, die noch immer das Buch hielt, zitterte, und trotz der Kälte konnte ich die Stelle zwischen den Schulterblättern spüren, an denen mein Hemd schweißnass auf der Haut klebte. *Was zum Teufel war mit mir los?*

Viel hastiger, als ich es beabsichtigt hatte, stellte ich das Buch wieder an seinen Platz zurück, richtete mich auf und fuhr mir nervös mit dem Handrücken über den Mund. Der moderige Geschmack verstärkte sich, und vielleicht lag das ganze Geheimnis allein in diesem fünfzig oder auch hundert Jahre alten Buch und hatte weniger mit alten Flüchen und den Geistern verwunschener Spukschlösser zu tun als vielmehr mit uraltem Papier, das tatsächlich zu vermodern begonnen hatte. Hatte ich nicht einmal etwas über gewisse Schimmelpilze gehört, deren Sporen nicht nur hochgiftig waren, sondern auch Halluzinationen auslösen konnten?

Ein billiger Trick, um mich selbst zu beruhigen; und noch dazu einer, der nicht wirklich funktionierte. Meine eigene Drogenkarriere ähnelte jener der meisten anderen meiner Generation: Der eine oder andere Joint während meiner Schulzeit, einige vorsichtige Experimente mit Dope und ein einziger (allerdings heftiger) Schneesturm, dann hatte die Vernunft (und – gottlob! – die Angst) gesiegt und ich hatte die Finger von dem Zeug gelassen. Aber man wächst nicht im Europa oder auch Amerika des ausklingenden zwanzigsten Jahrhunderts auf, ohne eine Menge über dieses Zeug zu *erfahren*, und ich *wusste* einfach, dass es keine Drogen gibt, die so schnell und auf diese Art wirken. Und schon gar keine, die ihre Wirkung ebenso schnell wieder verlieren. Was immer ich gerade erlebt hatte, es lag nicht an irgendwelchen high machenden *Fluch-des-Pharao*-Sporen in diesem Buch. Es lag an mir.

»Natürlich liegt es an dir«, murmelte ich. »Was hast du denn erwartet, nach so einem Tag?«

»*Was* liegt an mir?«

Diesmal hatte ich mich nicht mehr gut genug in der Gewalt, um nicht mit einem erschrockenen Keuchen herumzufahren. Mein Herz jagte nicht mehr, es hüpfte mit einem Satz in meine Kehle hinauf und versuchte über meine Zunge zu entkommen.

In der Tür stand Judith. Zumindest im allerersten Moment sah sie kein bisschen weniger erschrocken aus als ich, dann machte sich ein halb verlegener, halb aber auch schuldbewusster Ausdruck auf ihrem Gesicht breit. »Entschuldige«, sagte sie. »Ich wollte dich nicht erschrecken.«

»Hast du nicht«, log ich. Dann zuckte ich mit den Schultern und fügte hinzu: »Wenigstens nicht sehr.« Innerlich atmete ich erleichtert auf – unendlich erleichtert, um der Wahrheit die Ehre zu geben. Ich hätte in diesem Moment nicht sagen können, *was* ich erwartet hatte, aber es war ganz und gar nicht so, dass ich *nichts* erwartet hätte. Nicht Judith oder einen der anderen, nichts wirklich Konkretes. Aber in dem unendlich kurzen Moment, den ich gebraucht hatte, um auf die Stimme zu reagieren und mich herumzudrehen, hatte ich einfach *gewusst*, dass hinter mir irgendetwas Grässliches lauerte; etwas, von dem ich keinerlei Vorstellung hatte, aber das irgendwie mit dem moderigen Geruch und den unheimlichen Halluzinationen zu tun hatte und dessen bloßer Anblick mich vernichten musste.

»Das hast du wirklich nicht«, sagte ich noch einmal, wie um der Behauptung durch bloße Wiederholung mehr Gewicht zu verleihen. Ich konnte selbst hören, wie wenig überzeugend die Worte klangen. Die wenigsten Lügen gewinnen an Glaubwürdigkeit, wenn man sie wiederholt.

»Na, dann ist es ja gut«, antwortete Judith. Sie wirkte verlegener als zuvor, verloren, als wüsste sie nichts mit sich anzufangen; ungefähr wie jemand, der ohne anzuklopfen in ein Zimmer platzt und seine beiden Brüder dabei überrascht, wie sie *Evil* Ernie und Bert spielen. Sie versuchte zu lächeln, aber irgendwie war dieses Lächeln wie meine Behauptung gerade: Es betonte die Wahrheit mehr, als sie zu widerlegen.

»Komm ruhig rein«, sagte ich. »Du störst wirklich nicht. Ich kann sowieso noch nicht schlafen.«

»Kein Wunder – in diesem Spukschloss.« Judith gab sich einen sichtbaren Ruck und war von einem Sekundenbruchteil auf den anderen wieder Judith, mit allen Wenn und Aber. Sie waren mir egal. Auch wenn ich es niemals offen zugegeben hätte: In diesem Moment wäre ich sogar froh gewesen, Ed zu sehen. Wenn auch vielleicht nicht lange.

Judith drehte sich halb herum, um die Tür zu schließen (ich wünschte mir, sie hätte es nicht getan, auch wenn ich beim besten Willen nicht sagen konnte, warum), wandte sich dann wieder in meine Richtung und rief: »Fang!«

Irgendetwas flog auf mich zu, und ich riss ganz instinktiv die Arme in die Höhe, um es zu fangen.

Natürlich griff ich daneben. Judiths heimtückisches Wurfgeschoss – das sich als nichts Gefährlicheres als eine Dose Cola entpuppte – prallte schmerzhaft gegen meine Fingerspitzen und fiel zu Boden, und noch während ich mich hastig danach bückte, konnte ich aus den Augenwinkeln sehen, wie Judith zum Bett schlenderte und sich im Schneidersitz darauf niederließ. Ich war nicht sicher, ob sie über meine Ungeschicklichkeit lachte, aber wahrscheinlich tat sie es.

Weitaus umständlicher als notwendig gewesen wäre hob ich die Coladose auf und überzeugte mich davon, dass sie noch dicht genug war, um sie halbwegs ungefährdet aufreißen zu können und *nicht* mit einer Dusche aus klebriger Coca-Cola belohnt zu werden. Die gewonnene Zeit nutzte ich, um meine Gesichtszüge wieder unter Kontrolle zu bringen. Irgendetwas in mir war der festen Überzeugung gewesen, dass der Leibhaftige unter der Tür erschienen war, als Judith hereinkam, und sosehr ich mich auch dagegen zu wehren versuchte, diese völlig widersinnige Furcht war immer noch *da* – aber das musste Judith mir ja nicht unbedingt ansehen. Schon weil sie möglicherweise eine entsprechende Frage gestellt hätte, die ich ganz bestimmt nicht beantworten wollte.

»Danke«, sagte ich unbeholfen.

»Die habe ich geklaut«, antwortete Judith grinsend. »Vorhin, unten in der Küche. Für uns.« Sie fuchtelte triumphierend mit einer zweiten Coladose herum, riss den Verschluss mit einer gekonnten Bewegung auf und tat so, als würde sie mir damit zuprosten. Aber sie trank nicht – vielleicht schon, weil ich selbst keine Bewegung machte, um meine eigene Dose aufzureißen, sondern sie nur ein wenig hilflos anstarrte.

»Ich störe auch wirklich nicht?«, vergewisserte sich Judith.

»Wie kommst du darauf?«

Ein Schulterzucken. »Nur so … du siehst irgendwie … blass aus.«

Sah man es mir tatsächlich so deutlich an? Ich rettete mich ebenfalls in ein Achselzucken, das aber noch nicht einmal mich selbst zu überzeugen vermochte, geschweige denn irgendjemand anderen. »Du hast es doch gerade selbst gesagt: Das hier ist das reinste Spukschloss.«

»Ein wahres Wort.« Judith sah sich mit übertriebenen Bewegungen im Zimmer um. »Und in diesen heimeligen Zimmern hat also die Elite unseres Landes ihre Ausbildung genossen? Kein Wunder, dass die meisten von ihnen eine gehörige Macke haben.« Sie schauderte übertrieben. »Mich würden keine zehn Pferde in ein solches Zimmer kriegen. Und schon gar nicht allein.«

»Wenn ich nichts Wichtiges verpasst habe, dann *bist* du in einem solchen Zimmer«, antwortete ich.

»Ich sagte: *keine zehn Pferde,* nicht *keine zehn Millionen*«, verbesserte mich Judith. Sie blinzelte mir zu. »Und ich bin ja auch nicht allein.«

Gut, den letzten Satz würde ich einfach überhören.

»Aber es bleibt dabei: Irgendwie ist es unheimlich hier«, fuhr sie fort. »Und weißt du, was das Verrückteste ist? Nein? Ich habe das Gefühl, schon mal hier gewesen zu sein.«

Ich starrte sie an. *Was* hatte sie da gesagt?

Ganz offensichtlich mussten sich meine Gedanken mehr als deutlich auf meinem Gesicht abzeichnen, denn Judith sah mich nur einen Moment lang stirnrunzelnd an, dann nickte sie. »Du also auch.«

»Nein«, antwortete ich impulsiv, zuckte dann mit den Schultern und gestand in etwas weniger erschrockenem Ton: »Oder doch, ja. Das heißt ... nicht genau. Ich meine: Ich weiß genau, dass ich noch niemals hier gewesen bin, aber trotzdem –«

»– kommt dir das alles hier irgendwie bekannt vor«, fiel mir Judith ins Wort. Sie klang jetzt regelrecht triumphierend. »Weißt du, woher das kommt?«

»Nein.«

»So etwas ist gar nicht so selten«, antwortete Judith. »Ich habe vor ein paar Wochen einen interessanten Bericht über genau dieses Thema in einer Zeitschrift gelesen. Das hier sieht genau so aus, wie wir *glauben*, dass ein Internat auszusehen hat. Immerhin kennen wir es aus tausend Filmen und Büchern, und manchmal fängt unsere Erinnerung eben an, uns Streiche zu spielen. Wir erinnern uns an Dinge, die wir in Wirklichkeit gar nicht erlebt haben, und würden jeden Eid schwören, dass es genau so war.«

Ich verzichtete vorsichtshalber darauf, Judith zu fragen, in *welcher* Zeitschrift sie diesen Artikel gelesen hatte. Immerhin begriff ich ungefähr, was sie meinte, und wahrscheinlich lag sie damit gar nicht einmal so falsch – auch wenn *dieses* Zimmer hier ganz bestimmt *nicht* so aussah, wie ich mir ein typisches Zimmer in einem typischen Internat vorgestellt hatte. Aber es war eine weitere Erklärung, und eigentlich war sie auch nicht wesentlich schlechter als die, die ich mir selbst zurechtgelegt hatte.

Judith sah mich eine geraume Weile lang erwartungsvoll an. Als ich ihr nicht den Gefallen tat, auf ihre abenteuerliche Theorie einzugehen und mich in ein Gespräch verwickeln zu lassen, das ich ganz bestimmt nicht führen wollte, hob sie die Schultern, ließ sich mit einem wenig gekonnt geschauspielerten Seufzen mit Hinterkopf und Schultern gegen die Wand über meinem Bett sinken und griff unter ihren Pullover. Sie kramte ein paar Sekunden lang herum. Als sie die Hand wieder hervorzog, glitzerte eine Flasche Wodka darin; eins von diesen schmalen Dingern, die wie Flachmänner aussehen und auch demselben Zweck dienen, nämlich sie unauffällig in der Jackentasche oder auch unter einem beliebigen anderen Kleidungsstück zu transportieren.

»Auch einen Schluck?«

Eigentlich wollte ich nichts trinken und im Grunde war mir nicht einmal mehr nach Gesellschaft. Aber mir war auch noch viel weniger nach *Alleinsein*. »Warum nicht?« Ich kapitulierte, riss die Coladose auf und wurde mit einem hellen Zischen und einem klebrig braunen Sturzbach aus Schaum belohnt, der sich über meine Finger ergoss und auf meine Schuhe tropfte. Judiths Grinsen nach zu urteilen hatte sie auf nichts anderes gewartet. Ich fragte mich, ob sie mir die Dose vielleicht absichtlich so zugeworfen hatte, dass ich gar nicht anders konnte, als sie fallen zu lassen. Allerdings gab ich ihr nicht die Genugtuung, irgendwie darauf zu reagieren, sondern wischte mir lediglich die klebrige Brühe von der Hand und hielt ihr die Dose hin. Abtrinken musste ich nicht mehr. Gut die Hälfte dessen, was zuvor in der Dose gewesen war, klebte jetzt auf meinen Schuhen.

»Haben wir denn etwas zu feiern?«, fragte ich vorsichtig.

»Haben wir nicht?« Judith opferte gut ein Drittel des Inhaltes ihrer Flasche, um die Dose in meiner Hand wieder aufzufüllen, trank einen gewaltigen Schluck aus ihrer eigenen und verfuhr dann ebenso damit. »Ich meine, immerhin sind wir den Millionen ein gutes Stück näher als noch vor einer Stunde, oder? Von gestern gar nicht zu reden.«

»Findest du?« Ich nippte vorsichtig an meinem Getränk und beschloss, es bei diesem einen Schluck zu belassen. Ich habe nichts gegen ein Bier dann und wann oder auch ein paar mehr, aber harte Sachen waren noch nie mein Ding und heute schon gar nicht. Nicht an diesem sonderbaren Ort und nicht, wo meine Kopfschmerzen gerade auf ein erträgliches Level zurückgegangen waren.

»Du etwa nicht?« Judith nahm einen weiteren gewaltigen Schluck des Wodka-Cola-Gemischs, das sich jetzt in ihrer Dose befand, legte den Kopf auf die Seite und sah mich erwartungsvoll an. Sie kicherte albern. »Ich meine: Du glaubst doch nicht, dass die anderen eine Chance gegen ein Traumpaar wie uns haben, oder?«

Fast gegen meinen Willen musste ich ebenfalls lachen. »Für dich scheint die Konstellation ja schon festzustehen«, antwortete ich.

»Wenn du mich fragst, ja«, sagte Judith. Sie lachte immer noch, aber es fiel mir plötzlich schwer, ihre Worte als reines Herumgeflachse aufzufassen. »Ich meine: Stefan und Ellen sind ja nicht nur wie füreinander geschaffen, und du und die Heilige Maria, das kann ich mir nun beim besten Willen nicht vorstellen. Bleiben nur du und ich übrig – es sei denn, du entdeckst plötzlich deine Vorliebe für das andere Geschlecht und Ed und du adoptiert ein paar Kinder. Das soll ja heutzutage möglich sein.«

»Das ist es«, antwortete ich ernsthaft, obwohl ich wusste, dass wir damit gegen die Bedingungen des Testaments verstießen. Noch ernster und mit einem bewusst nachdenklich aufgesetzten Gesichtsausdruck fuhr ich fort: »Obwohl – wenn ich so darüber nachdenke, gefällt mir Stefan doch besser. Ich habe schon immer auf die großen, kräftigen Typen gestanden, weißt du?«

»Kräftig bin ich auch«, antwortete Judith. »Nur wachsen werde ich wahrscheinlich nicht mehr ...« Sie zog eine Schnute. »Wenigstens nicht in die richtige Richtung.«

Diesmal lachten wir beide, aber ich konnte nicht sagen, bei wem es bemühter klang. Schließlich beendete Judith die unangenehme Situation, indem sie einen weiteren Schluck trank und dann demonstrativ weit genug auf dem Bett zur Seite rutschte, um mir Platz zu machen. Sie ging nicht so weit, mit der flachen Hand auffordernd auf die Matratze neben sich zu klopfen – aber irgendwie tat sie es doch, und sei es nur durch die Art, wie sie mich ansah. Ich beschloss, beides zu ignorieren, und tat so, als würde ich noch einen Schluck trinken.

»Jetzt mal im Ernst.« Judith räusperte sich unbehaglich und wusste für einen Moment anscheinend nicht mehr, wohin mit ihrem Blick. »Das ... das alles hier ist doch verrückt, oder?«

»Ich hätte es etwas drastischer formuliert«, stimmte ich ihr zu. »Ehrlich gesagt: Wenn ich diese Geschichte in einem Buch gelesen oder in einem Film gesehen hätte, dann hätte ich mich gefragt, ob der Autor einen an der Klatsche hat. Das Ganze kommt mir vor wie ein Stück aus einem Schmierentheater.«

»Ist es aber nicht«, antwortete Judith. Sie machte keinen Hehl aus ihrer Enttäuschung, und in meinem Hinterkopf begann wieder die wohl bekannte Stimme zu flüstern, die mich fragte, ob *ich* eigentlich einen an der Klatsche hatte, mir eine solche Gelegenheit entgehen zu lassen. Judith hatte durchaus Recht: Die Anzahl der möglichen Konstellationen in diesem Spiel war nicht besonders groß. Um nicht zu sagen: Es gab nur eine einzige, und die saß gerade auf meinem Bett und tat ihr Möglichstes, um den Begriff *versteckte Botschaften* neu zu definieren. Sie winkte nicht mit dem Zaunpfahl, sondern mit dem Eiffelturm.

Unglückseligerweise rührte sich darüber hinaus in mir nichts. Judith war ein nettes Mädchen, aber mehr auch nicht.

»Ich traue der ganzen Geschichte nicht«, antwortete ich mit einiger Verspätung.

»Wieso? Weil sie zu schön wäre, um wahr zu sein?« Judith lachte leise. »Für einen geschmacklosen Scherz ist das Ganze ein bisschen zu aufwendig in Szene gesetzt, meinst du nicht auch?« Sie machte eine flatternde Handbewegung. »Das alles hier. Von Thun, Carl, Flemming … von den Reisespesen mal ganz abgesehen … Kannst du dir ungefähr vorstellen, was der Spaß *gekostet* hat?«

»Ziemlich genau sogar«, antwortete ich. »Das ist es ja, was ich nicht verstehe.« Ich trank nun doch einen (winzigen) Schluck aus meiner Dose, kaute genießerisch darauf herum, als wäre es ein Schluck edelster Wein, kein Gemisch aus Tankstellen-Wodka und Aldi-Cola, und begann im Zimmer auf und ab zu gehen; immerhin eine halbwegs elegante Methode, um aus Judiths unmittelbarer Nähe zu entkommen, ohne dass es auffiel. »Weißt du, ich bin kein Anwalt oder so was, aber normalerweise laufen solche Sachen anders: ein Brief von irgendeinem Notar, ein Termin in einer Kanzlei, tausende von Formularen und Dokumenten, die beigebracht werden müssen … und dann diese haarsträubenden Bedingungen. Selbst wenn bis hierhin alles stimmt und wir wirklich alle um zwanzig Ecken mit diesem Sänger verwandt sind, glaube ich kaum, dass ein solches Testament vor irgendeinem Gericht der Welt Bestand hätte.«

»Deswegen hat er uns ja auch hierher zitiert«, meinte Judith.

»Das ändert gar nichts«, erwiderte ich überzeugt. »Spielen wir es doch einfach mal durch. Wenn von Thun die Wahrheit gesagt hat, dann reden wir hier über viel Geld. Ich meine: wirklich *viel* Geld. Zehn Millionen, vielleicht noch viel mehr.«

»Genug, dass du dich doch noch in Stefan verlieben könntest?«, kicherte Judith.

»Ich meine es ernst«, beharrte ich. Was der Wahrheit entsprach – nur dass es mir selbst erst im gleichen Moment klar wurde, in dem ich die Worte selbst aussprach. »Wir sind zu sechst, aber nur zwei von uns teilen sich den ganzen Kuchen, während die vier anderen leer ausgehen sollen.«

»Und?«

»Und?« Ich schüttelte den Kopf. »Glaubst du wirklich, die Verlierer werden mit den Schultern zucken und sagen: Tja, schade, war nichts? Ganz bestimmt nicht. Wer immer von uns diese Farce verlieren sollte, wird Himmel und Hölle in Bewegung setzen, um dieses so genannte Testament anzufechten und seinen Anteil zu bekommen. Wir werden die nächsten fünf oder zehn Jahre vor Gericht verbringen, ganz egal wie es ausgeht.«

Judith machte ein nachdenkliches Gesicht. Sie schwieg.

»Wenn von Thun tatsächlich Notar ist oder auch nur in einer Kanzlei *gearbeitet* hat, dann weiß er das ganz genau«, fuhr ich fort. »Kein Gericht der Welt würde dieses so genannte Testament anerkennen. Vermutlich würde es damit enden, dass keiner von uns etwas bekommt und das ganze Erbe dem Roten Kreuz überschrieben wird, falls es sich nicht gleich das Finanzamt krallt.«

»Vielleicht ist das ja genau der Sinn der Sache«, antwortete Judith. »Dass das Finanzamt es *nicht* kriegt.«

»Das hätte er einfacher haben können«, beharrte ich. »Und sicherer.«

Judith trank wieder von ihrem Wodka-Cola-Gemisch, runzelte die Stirn und schüttete nach kurzem Zögern auch noch den verbliebenen Rest aus ihrer Flasche in die Dose.

»Wo ist eigentlich dein Zimmer?«, fragte ich.

»Gleich nebenan.« Judith machte eine entsprechende Kopfbewegung. »So weit weg von Ed wie nur möglich – aber warum fragst du?«

»Weil ich keine Lust habe, dich ins Bett zu tragen, und auch nicht im falschen Zimmer landen will, wenn *ich* ins Bett gehe.«

»Und was ist mit deinem?«

»Wenn du das da ausgetrunken hast«, antwortete ich mit einer entsprechenden Geste auf die Getränkedose in ihrer Hand, »müsstest du eigentlich umfallen und wie ein Stein schlafen.«

»Wenn du dich da mal nicht täuschst«, antwortete Judith unerwartet scharf. Anscheinend schärfer, als sie selbst beabsichtigt hatte, denn sie sah plötzlich wieder verlegen aus. Dann rettete sie sich in ein albernes Kichern und zog einen übertriebenen Schmollmund. »Außerdem war das nicht nett. So spricht man nicht mit einer Dame.«

»Stimmt«, antwortete ich. »Aber das könnte daran liegen, dass du keine bist.«

»Aber ich bin auch nicht so schwer. Warum kommst du nicht her und probierst es aus?«

»Ich glaube nicht, dass das eine gute Idee wäre«, sagte ich ruhig. »Versteh mich nicht falsch, Judith – du bist ein nettes Mädchen, aber mir ist heute einfach nicht nach mehr als Reden.«

Erstaunlicherweise nahm Judith diese Abfuhr weitaus gelassener hin, als *ich* jemals einen Korb hingenommen hatte – und ich hatte eine Menge davon kassiert. Sie wirkte weder beleidigt noch verletzt, sondern hob nur mit einem ganz leicht enttäuscht klingenden Seufzen die Schultern.

»Vielleicht hast du sogar Recht«, sagte sie nach einem weiteren Schluck, »und es ist keine gute Idee – heute. Aber du bist mir eine Revanche schuldig, das ist dir doch klar?«

»Selbstverständlich«, erwiderte ich mit großem Ernst. »Ich schleiche noch heute Nacht runter in die Küche und klaue *zwei* Dosen Cola für jeden von uns. Auch wenn ich dabei Gefahr laufe, Zerberus über den Weg zu laufen. Wenn ich also nicht wiederkomme, musst du wohl oder übel mit Ed vorlieb nehmen.«

»Wieso nennst du ihn eigentlich immer Zerberus?«, erkundigte sich Judith.

»Carl?« Ich grinste. Nachdem dieser eine Punkt zwischen uns geklärt – oder zumindest ausgesprochen – war, fühlte ich mich plötzlich deutlich entspannter. »Weil ich finde, dass Zerberus viel besser zu ihm passt. In der griechischen Mythologie war Zerberus ein dreiköpfiger Höllenhund, der den Eingang zur Unterwelt bewachte.«

»Griechische Mythologie.« Judith machte ein beeindrucktes Gesicht, aber ich glaubte ihrer Miene nicht ganz. Sie war sicher kein weiblicher Einstein, aber sie war auch alles andere als ungebildet oder gar dumm. »Verstehst du was von solchen Dingen?«

»Nur was ich in Comics gelesen habe«, antwortete ich. »Aber ich habe eine Menge Comics gelesen.«

Diesmal währte der schräge Blick, mit dem sie mich maß, schon deutlich länger, und ich las auch eine sichtbare Spur von Verwirrung in ihren Augen. Vielleicht war ich nicht der Einzige im Raum, der den anderen zu durchschauen begann. »Außerdem habe ich das gar nicht gemeint«, sagte sie schließlich.

»Ich weiß, was du gemeint hast. Und ich komme auf dein Angebot zurück. Ich wäre ja dumm, es nicht zu tun.« Ich seufzte. »Manchmal ist es schon ein Kreuz, im einundzwanzigsten Jahrhundert zu leben.«

»Wieso?«

»Weil es früher das Vorrecht von uns Männern war, euch Frauen mit solchen Anträgen in Verlegenheit zu bringen.«

»Tja, so ändern sich die Zeiten.« Judith grinste schadenfroh, trank den Rest aus ihrer Dose und stand mit einer so schwungvollen Bewegung auf, dass sie einfach keinem anderen Zweck dienen *konnte*, als mir zu beweisen, wie stocknüchtern sie noch war. Natürlich ging es schief. Sie hätte fast das Gleichgewicht verloren und wäre wahrscheinlich wirklich gestürzt, wäre das Zimmer nur eine Spur breiter gewesen. So konnte sie gerade noch den Arm ausstrecken und sich an der gegenüberliegenden Wand abstützen.

»Ups!«, sagte sie. »Das war –«

»– vielleicht doch ein wenig zu viel des Guten«, beendete ich den Satz. »Du hast einen genauso anstrengenden Tag hinter dir wie wir alle. Tu dir selbst einen Gefallen und geh schlafen. Ich fürchte, morgen wird es noch ein wenig aufregender.«

Warum auch immer – diesmal hatte ich Judith *wirklich* beleidigt. Sie starrte mich an und für die Dauer dieses einzelnen Blickes wirkte sie unglaublich verletzt und getroffen. Sofort setzte ich zu einer Entschuldigung an, aber Judith kam mir zuvor.

»Ich *bin* nicht betrunken, wenn du das meinst«, sagte sie. »Ich bin zu schnell aufgestanden, das ist alles. Manchmal wird mir dabei schwindelig.«

Ich sagte nichts, blickte aber vielsagend auf die leere Flasche, die auf meinem Bett lag. Hätte ich so viel Alkohol in so kurzer Zeit getrunken, *wäre* ich betrunken gewesen. Aber vielleicht war es besser, wenn ich gar nichts mehr sagte.

»Ich brauche nur ein bisschen frische Luft«, fuhr Judith fort. Sie machte eine Kopfbewegung auf das schmale Fenster in der Dachschräge. »Kann man das Ding aufmachen? Meines ist eingerostet.«

Ich hatte keine Ahnung, aber die Idee, das Fenster zu öffnen, gefiel mir. Vielleicht würde mir ein wenig frische Luft ebenso gut tun wie Judith; wenn auch sicher in anderer Hinsicht. Zumindest würde sie den muffigen Geruch vertreiben. Wenn ich die Wahl hatte, diese Nacht zu frieren oder sie in einem warmen Zimmer zu verbringen, das wie eine Gruft roch, zog ich ein wenig Zähneklappern vor. Ohne direkt zu antworten, ging ich zum Fenster, drehte den Griff und musste nur einmal kurz daran ziehen, bevor sich die rostigen Angeln bewegten – wenn auch mit einem erbärmlichen Quietschen, das vermutlich noch zwei Etagen tiefer zu hören war. Eiskalte, feucht riechende Nachtluft strömte herein und vertrieb wenigstens für einen Moment den nassen Modergeruch, der das Zimmer erfüllte. Einen ganz kurzen Moment hatte ich den verrückten Eindruck, dass das Licht unter der Decke im Luftzug flackerte – was natürlich schlichtweg unmöglich war. Es war zwar eine uralte Glühbirne, aber es war immerhin eine Glühbirne. Was hatte Judith vorhin über Dinge gesagt, von denen wir einfach glauben, dass sie so sein müssten?

Judith trat unaufgefordert an meine Seite. Sie musste sich auf die Zehenspitzen stellen, um aus dem Fenster zu blicken, und sie kam mir dabei so nahe wie seit unserem Tête-à-Tête auf dem Rücksitz von Zerberus' Landrover nicht mehr. Ich wich ganz instinktiv vor ihrer Berührung zurück; aber nicht schnell genug, um nicht erneut zu spüren, wie angenehm sie roch, und einen kurzen Schauer zu verspüren, als ihr Haar meine Wange kitzelte. *Warum nicht?*, flüsterte die wohl bekannte Stimme in meinem Hinterkopf. *So spät ist es noch nicht. Und sooo betrunken ist sie auch noch nicht.*

»Das tut gut«, seufzte Judith. Sie stand mit geschlossenen Augen am Fenster und atmete die eiskalte Nachtluft in tiefen Zügen ein. »Was für ein grässlicher Gestank in dieser Bude herrscht! Das fällt mir erst jetzt auf.«

Mir fiel eher auf, wie deutlich sich ihre Brüste unter dem dünnen Pullover hoben und senkten, während sie am Fenster stand und ein- und ausatmete. Ich sah rasch weg und machte einen weiteren Schritt zur Seite, um den Sicherheitsabstand zwischen uns zu vergrößern. Außerdem musste ich eine Menge von dem zurücknehmen, was ich vorhin über sie gedacht hatte. Sie hatte ein paar Pfunde mehr, als die Hochglanzillustrierten und die Werbeindustrie unserem guten Geschmack zubilligten, aber eigentlich saßen sie alle an den richtigen Stellen …

»Das ist unheimlich«, murmelte Judith.

»Was?«

»Das da draußen. Der ganze Anblick.«

Zögernd trat ich wieder neben sie und stellte mich ebenfalls auf die Zehenspitzen, um aus dem Fenster zu blicken. Viel gab es gar nicht zu sehen: einige Quadratmeter einer steil abfallenden Dachfläche, die wie ein nasses Puzzle aus schwarz verspiegelten Teilen im Mondlicht glänzten, dahinter einen vielleicht fingerbreiten Streifen des gegenüberliegenden Gebäudes. Irgendwo dahinter wiederum musste Crailsfelden liegen, aber alles, was ich erblickte, war vollkommene Finsternis. In der Stadt brannte entweder kein einziges Licht oder ich hatte gründlicher die Orientierung verloren, als mir bisher klar gewesen war.

»Unheimlich?« Ich sah Judith fragend an.

Sie erwiderte meinen Blick nicht, sondern machte

eine Kopfbewegung nach links. Im ersten Moment erkannte ich auch in dieser Richtung nichts außer Dunkelheit, aber der Ausdruck auf Judiths Gesicht war zu besorgt gewesen, sodass ich noch einmal und genauer hinsah.

Die Dunkelheit dort drüben war nicht homogen, sondern hatte verschiedene Schattierungen, und einmal darauf aufmerksam geworden, dauerte es nur noch Augenblicke, bis ich die Umrisse eines gedrungenen runden Turmes erkannte, die in vollkommener Schwärze aus der etwas samteneren Dunkelheit des Nachthimmels dahinter gestanzt waren.

»Das ist der alte Donjon, ja«, sagte ich. »Man konnte ihn deutlich sehen, als wir heraufgefahren sind.« Judith sah mich fragend an, und ich verbesserte mich: »Bergfried, wenn es dir lieber ist.«

»Das meine ich nicht.« Judith schauderte und es war nicht geschauspielert. Ich war ihr immer noch nahe genug, um zu sehen, wie sich die feinen Härchen in ihrem Nacken aufrichteten. »Hörst du nichts?«

Hören? Ich lauschte angestrengt, schüttelte den Kopf und lauschte dann noch konzentrierter, als sich der besorgte Ausdruck auf Judiths Gesicht beharrlich weigerte, irgendetwas anderem zu weichen.

Und schließlich hörte ich es auch: ein ganz feines, hohes Fiepen, leise und weit entfernt, wie der Laut einer Hundepfeife, die jemand unten im Ort blies; nur irgendwie aufgeregter und dass es sich um ein ganzes Orchester davon zu handeln schien.

»Fledermäuse.« Mehr noch als die feinen Härchen in Judiths Nacken sträubte sich etwas in ihrer Stimme, als sie das Wort aussprach.

»Vermutlich«, bestätigte ich – und kaum hatte ich das Wort ausgesprochen, glaubte ich tatsächlich eine Anzahl winziger, hektisch hin und her flatternder Schatten zu erkennen, die den Turm umkreisten. Aber das war wahrscheinlich *wirklich* Einbildung. »Wahrscheinlich sogar. Sie leben gerne in alten Türmen und Dachstühlen, weißt du? So etwas wie diese Ruine könnte eigens für sie gebaut worden sein.«

»Verdammt noch mal, das hätte er uns sagen können!«, sagte Judith mit zitternder Stimme.

»Sag nicht, du fürchtest dich vor Fledermäusen!«

»Ich hasse die Viecher«, antwortete Judith. »Mach ...« Sie fuhr sich nervös mit der Zungenspitze über die Lippen. »Mach das Fenster zu ... bitte!«

»Sie kommen bestimmt nicht herein«, versicherte ich. »Fledermäuse mögen kein Licht. Und menschliche Gesellschaft schon gar nicht.«

»Ich weiß«, antwortete Judith. Sie versuchte zu lächeln, aber es misslang kläglich und geriet zu einem Ausdruck kaum noch unterdrückter Panik. »Aber mir wäre trotzdem wohler, wenn du das Fenster zumachen könntest.«

Diesmal reagierte ich sofort. Der Klang in ihrer Stimme war echte Angst, und wer war ich, irgendjemandem seine Phobie vorhalten zu können? Ausgerechnet ich? Ich schloss das Fenster, legte den Riegel vor und überzeugte mich (und vor allem Judith) dann noch einmal mit einem übertriebenen Rütteln am Griff, dass auch wirklich zuverlässig abgeschlossen war. Judith atmete erleichtert auf, aber ich konnte auch sehen, dass die Angst in ihren Augen nur zurückkroch, nicht ganz verschwand.

»Danke«, sagte sie.

»Kein Problem.«

»Doch, es *ist* ein Problem. Du musst mich für eine hysterische Ziege halten, die –«

»Das tue ich keineswegs«, unterbrach ich sie. »Ich weiß, was eine Phobie ist. Wenn der Hof dort unten voller Spinnen oder Kakerlaken wäre, würde ich jetzt wahrscheinlich schon wimmernd auf dem Schrank hocken und nach meiner Mami schreien.«

»Spinnen *und* Kakerlaken?«

»Alles, was mehr als vier Beine hat«, bestätigte ich – was nicht ganz der Wahrheit entsprach, aber ich hatte das Gefühl, dass ein wenig Übertreibung in diesem Falle durchaus dazu beitragen konnte, Judith zu beruhigen.

»Das ist völlig verrückt«, fuhr Judith fort, noch immer nervös und im Tonfall einer Verteidigung und ohne mir direkt in die Augen zu sehen. »Ich liebe Mäuse, weißt du? Ich finde sie niedlich – und Ratten genauso. Als Kind hatte ich sogar eine eigene Maus und … und ich habe auch kein Problem mit Vögeln. Aber Fledermäuse … ich komme einfach nicht dagegen an.« Sie gab sich einen sichtbaren Ruck, atmete tief und hörbar ein und zwang sich, mir in die Augen zu blicken. Ich konnte sehen, wie schwer es ihr fiel. »Entschuldige. Ich –«

Ihr Vorrat an Selbstbeherrschung war so schnell erschöpft, wie sie ihn zusammengerafft hatte. Plötzlich begann sie am ganzen Leib zu zittern, und in ihrem Blick war jetzt *echte* Panik zu lesen, nicht mehr nur ihre Vorboten. Ihre Lippen bebten.

Natürlich wusste ich, dass es ein Fehler war, noch bevor und auch während ich es tat, aber ich hätte schon aus Stein sein müssen, um irgendetwas anderes zu tun, als mit einem einzigen Schritt bei ihr zu sein und sie tröstend in die Arme zu nehmen. Einen Moment lang standen wir einfach so da, eng aneinander geklammert und schweigend, Judiths Schultern bebten, ich erlebte erneut den betörenden Duft ihres Haares, spürte, wie weich und fraulich und verwundbar ihr Körper unter dem dünnen Pullover war, und nach einem weiteren, unfassbar kurzen Augenblick legte sie langsam den Kopf in den Nacken und sah zu mir hoch. Im allerersten Moment schmeckten ihre Lippen salzig, nach den Tränen, die sie nicht mehr ganz hatte zurückhalten können, aber dann wurden sie süß und weich ...

Ach verdammt, warum eigentlich nicht?!

*

Es waren nicht die Straßen von Crailsfelden, über die ich stolperte. Im ersten Moment glaubte ich, dass sie es seien; mein Verstand sagte mir, dass sie es sein *mussten*: Ich war in Crailsfelden eingeschlafen, also musste ich immer noch in Crailsfelden *sein*. Aber das war ich nicht. Darüber hinaus konnte ich das Kloster (von Crailsfelden ganz zu schweigen) schwerlich verlassen haben, denn ich lag noch immer auf dem schmalen, muffig riechenden Jugendbett im Dachgeschoss des ehemaligen Klosters und schlief. Der einzige Ort, an dem diese bizarre Szenerie existierte, war die Pseudorealität meiner Träume.

Es war nicht das erste Mal, dass ich träumte und mir dessen vollkommen bewusst war; im Gegenteil. Ich weiß, dass das ungewöhnlich ist – zumindest habe ich nie jemanden getroffen, dem es genauso ergeht –, aber solange ich mich zurückerinnern kann, war ich mir fast immer der Tatsache bewusst gewesen, zu träumen, wenn ich träumte – und ich träumte oft. Banale Szenen, die ich am Tag zuvor erlebt hatte, surrealistische Impressionen, die keinen Sinn hatten und auch keinen ergaben, so oft und so lange man auch darüber nachdachte, Alpträume, die mir schier das Blut in den Adern gefrieren ließen, erotische Fantasien ... den üblichen Mist eben, mit dem sich jedes Gehirn beschäftigt, um die Zeit totzuschlagen, während der Körper im Leerlauf vor sich hin tuckert, um neue Kräfte zu sammeln. Mit einem Unterschied: Ich wusste fast immer, dass ich nur träumte, und zumindest wenn diese Träume einen Sinn ergaben, konnte ich sie sogar genießen; mein ganz privates Kino im Kopf, bei dem ich mich gemütlich zurücklehnen und der Dinge harren konnte, die da kamen.

Doch zwei Dinge waren heute anders: Ich wusste sofort, dass es ein Alptraum war – einer von der ganz üblen Sorte, die schlimm begannen und schnell den Punkt erreichten, an dem es einfach nicht mehr schlimmer werden *konnte* (nur um dann erst *richtig* loszulegen, versteht sich) –, und dieses Wissen schützte mich nicht vor der Angst, die mit dem Alptraum kam. Mein Herz hämmerte. Ich war in Schweiß gebadet. Meine nackten, blutigen Füße schrammten über hartes Kopfsteinpflaster, dessen Mörtel offensichtlich nicht nur aus Kalk und Sand zusammengerührt worden war, sondern auch aus einer gehörigen Portion Eisennägeln, denn jeder Schritt löste eine neue grelle Schmerzexplosion in meinen Fußsohlen aus, und die Häuser standen ebenso dicht beieinander wie in dem kleinen, unscheinbaren Städtchen, und trotzdem war ich nicht in Crailsfelden. Nicht mehr.

Crailsfeldens Straßen waren nicht mit Stroh und faulenden Abfällen übersät, in Crailsfelden rasten keine wie verrückt quietschenden Schweine durch die Gassen, Crailsfelden stank nicht so erbärmlich. Und Crailsfelden *brannte nicht.*

Diese Stadt brannte. Aus vielen der strohgedeckten Dächer schlugen Flammen in die Höhe, aus den glaslosen Fenstern der mittelalterlichen Gebäude quoll dichter schwarzer Rauch, der wie eine zerrissene Wolldecke über den Straßen hing und das Atmen fast unmöglich machte. Über mir kreisten Fledermäuse, kreischten ihr unhörbares Ultraschallkreischen, flatterten wie wild mit ihren Schwingen. Einige von ihnen brannten, andere stießen immer wieder blitzschnell herab, wie um sich im Sturzflug auf einen unsichtbaren Gegner zu werfen, und prallten dabei gegen Dächer und Wände. Manche zerschmetterten auf dem Boden.

Es war laut, unglaublich laut. Die Schreie der Menschen und das Quieken und Grunzen der Tiere, die aus ihren Stallungen flohen, übertönte beinahe das Prasseln der Flammen, irgendwo hinter mir verabschiedeten sich zwei, drei der Gebäude unmittelbar nacheinander, stürzten unter gewaltigem Lärm ein und trieben Asche und Rauch durch die Stadt, eine tödliche, heiße und trockene Welle, wie die Schockwelle einer Atomexplosion, die lautlos und schnell aus einer anderen Welt herüberschwappte und alles zerstörte, worauf sie traf.

Das Mädchen an meiner Hand schrie entsetzt auf, und ich warf ihm einen kurzen Blick zu, stellte aber fest, dass es nicht verletzt war, sondern sich nur erschrocken hatte. Der Feuersturm tobte über uns hinweg, pulverisierte Dächer und Wände und setzte das, was er nicht sofort zerstören konnte, in Brand. Aber er vermochte weder dem Mädchen (Judith – es hatte Judiths Gesicht, nur dass es viel jünger war und nicht Judiths rotes Haar hatte, sondern bis auf die Schultern fallende schwarze Locken) noch mir etwas anzutun, denn er war Teil einer anderen Horrorvision, die der Teil von mir sogar erkannte, der noch immer beharrlich darauf pochte, dass ich schlief und dass das hier alles nur ein Alptraum war, der mir nicht wirklich etwas anhaben konnte. Es war der monochrome Ausschnitt eines Filmclips aus den frühen Fünfzigern, in dem zum ersten Mal die Folgen einer Nuklearexplosion dokumentiert wurden; Bäume, die sich wie sturmgepeitschtes Gras bogen, bevor die Druckwelle zuerst die Blätter und eine Nanosekunde später die Rinde von den Stämmen fegte, ein Haus, dessen Dach sich in einer fast ästhetischen Wellenbewegung abhob und in Millionen Teile zerfiel, bevor es von einem unsichtbaren Faustschlag getroffen und zusammen mit dem Rest des Gebäudes pulverisiert wurde, ein billig eingerichtetes Zimmer voller Schaufensterpuppen, Stofftiere, Nierentischchen und Stehlampen mit gestreiften Stoffschirmen, dessen Fensterscheiben plötzlich grell aufleuchteten und sich dann in einen Hagel tödlicher Schrapnellgeschosse verwandelten, bevor die Druckwelle die Kamera traf und zerschmetterte. Jeder, der einen Fernseher besitzt, hat diese Szene schon einmal gesehen, und irgendein verschrobener Teil meines Unterbewusstseins musste sie in mir mit diesem brennenden mittelalterlichen Crailsfelden assoziiert und eingeblendet haben; ein Traum in einem Traum, der die Requisite gefährdete, aber nicht die Akteure.

Aber ich hatte keine Zeit, erleichtert aufzuatmen. Ich hatte keine Zeit, schützend den Arm um das Mädchen an meiner Seite zu legen. Ich hatte keine Zeit, irgendetwas anderes zu tun, als zu laufen, immer schneller und schneller zu laufen. Sie konnte kaum mit mir Schritt halten, stolperte ein paarmal beinahe, doch ich riss sie einfach weiter mit. Keine Ahnung, wohin, einfach nur weg. Weg von dem Rauch und der Wolke aus Asche, fort von dem Feuer, das überall brannte, wohin man auch sah – ein unersättlicher Moloch aus Licht und Hitze und purer, verheerender Energie, der durch die Stadt tobte und seine Wut darüber hinausschrie, dass es uns nichts anhaben konnte. Der völlig widersinnigen, aber zwingenden Logik eines Alptraums folgend, schützte mich dieses Wissen nicht vor der Angst, sondern schien sie eher noch zu verschlimmern. Ich konnte nichts anderes tun, als zu rennen, hinaus aus diesem Alptraum, weg von dem Feuer, das willkürlich und mit böser Absicht gelegt worden sein musste, kreuz und quer in dieser Stadt in einer Zeit, in der man Wäsche noch in Kübeln wusch und Nachttöpfe einfach aus dem Fenster leerte.

Weg von den Menschen, die uns verfolgten.

Sie schrien. Sie kreischten. Sie fluchten. Aber es war nicht die Angst vor dem Feuer, die sie vorantrieb, sondern Hass. Der Hass auf mich und das Mädchen an meiner Seite. Vielleicht nur auf sie.

Ich wusste noch immer nicht, wer dieses Mädchen war. Ich wusste ja noch nicht einmal, wo sie herkam, aber als ich das nächste Mal den Kopf drehte und sie ansah, hatte sie nicht mehr Judiths Gesicht, sondern südländisch-exotische Züge, die mehr zu ihrem schwarzen Lockenhaar passten als Judiths

Pausbäckchen. Sie war jünger, noch ein Kind, und in der Panik in ihren dunkel gewordenen Augen hatte sich ein Ausdruck von stummem Vorwurf gemischt, den ich nicht verstand, der sich aber trotzdem wie ein Messerstich tief in meine Brust bohrte. Anscheinend hatte der Regisseur dieses Kafka-Stückes, das in meinem Kopf ablief, beschlossen, die Schraube um eine weitere Drehung anzuziehen und es mir so richtig zu geben. Was immer diesem Mädchen angetan worden war, wovor immer es floh, es war meine Schuld. Es gab keinen Grund für diese Überzeugung, aber Träume brauchen keine Begründung.

Die Verfolger kamen näher. Nicht sehr schnell, aber sie *kamen* näher, und das würden sie auch weiter tun, denn selbstverständlich unterschied sich dieser beschissene Alptraum in diesem Punkt *nicht* von einem gewöhnlichen Nachtmahr: Man konnte rennen und rennen, so schnell man wollte, die Verfolger holten immer auf, auch wenn man selbst lief wie von Furien gehetzt und sie nur gemütlich schlenderten.

Unsere Verfolger schlenderten allerdings nicht.

Sie warfen Steine nach uns, stießen üble Flüche und Verwünschungen aus, und ich musste nicht über die Schulter zu ihnen zurückblicken, um zu wissen, dass sie nach uns spien. Ich konnte ihre Worte nicht verstehen, wusste nicht, was sie trotz der allgegenwärtigen Gefahr, von hinabfallenden, brennenden Balken und Strohbündeln getroffen zu werden, dazu trieb, zwei Menschen zu verfolgen, statt einfach fortzulaufen und ihre Haut zu retten, was sie dazu trieb, *uns* zu verfolgen. Sie taten es einfach. Und sie würden uns nicht nur töten, wenn sie uns einholten, sondern uns etwas weitaus Schlimmeres antun. Sie würden *ihr* etwas Schlimmeres antun. Ich musste aus diesem verdammten Alptraum aufwachen, denn ich spürte plötzlich, dass es noch einen Unterschied gab. Vielleicht würde er nicht einfach enden, wenn ich erwachte. Ich musste erwachen, *bevor* sie uns einholten. Vielleicht würde ich es sonst nie wieder tun.

Ich packte die Hand meiner Begleiterin noch fester. Wir würden es nicht schaffen! Gott, wir rannten schneller, als wir theoretisch *konnten*, und trotzdem würden wir es nicht schaffen! Alles, was wir erreichen würden, war, dass wir uns die Füße auf dem harten, unebenen Kopfsteinpflaster noch mehr aufreißen und uns noch ein paar Kratzer, Platzwunden und Prellungen zuziehen würden, wenn wir stolperten, ehe uns die Meute erwischte und niederschlug, steinigte, erstach, verbrannte oder was auch immer sie mit uns vorhatte.

Aber ich konnte nicht aufgeben. Nicht mich und nicht sie. Wenn sie auch mich erwischten – sie sollte weiterlaufen! Sie *musste* überleben. Wenn sie starb – wenn sie *auch diesmal wieder starb*! –, würde etwas Entsetzliches geschehen. Ich wollte es ihr sagen, wollte sie anschreien, nicht auf mich zu warten, wenn ich fiel oder wenn sie mich erwischten, sondern ihre eigene, samtweiche Haut zu retten. Aber ich konnte es nicht. Meine Lunge drohte zu zerspringen, die verqualmte, trockene Luft brannte in meinen Augen, meiner Nase, meiner Kehle, machte es mir unmöglich, auch nur einen Ton hervorzubringen. Schmerz biss sich in meine Seiten, mahnte mich, doch langsamer zu laufen, aber ich ignorierte ihn. Etwas Kaltes, Hartes traf meinen Hinterkopf und ich spürte sofort warmes Blut meinen Nacken hinabrinnen, doch auch darauf reagierte ich nur, indem ich noch schneller lief. Es spielte keine Rolle, was mit mir geschah. Miriam (Miriam?) musste überleben. Ich musste den Teufelskreis durchbrechen.

Wir erreichten eine Wegkreuzung, die rechts wie links in jeweils eine schmale Gasse führte. Die oberen Geschosse der angrenzenden Häuser brannten bereits lichterloh. Den Bruchteil einer Sekunde hielt ich inne, unschlüssig, in welche Richtung wir weitereilen sollten. Es gab keine Rettung vor dem Feuer. Die Flammenwalze war über die gesamte Stadt hinweggetobt und kam zurück, kreiste uns ein wie ein gieriges, loderndes Raubtier, das seine Beute nicht zu schlagen vermochte, aber ebenso wenig bereit war, aufzugeben.

Die Fledermäuse über uns flogen ein Stück weit voraus, hielten dann abrupt inne, verharrten einen winzigen Augenblick auf der Stelle flatternd, wie ein Schwarm zu groß geratener, hässlicher Kolibris (Fledermäuse konnten so etwas nicht, aber das interessierte den ausgeflippten Möchtegern-Carpenter in seinem Regiestuhl in mir ebenso wenig wie die Tatsache, dass er hier verschiedene Zeitepochen durcheinander brachte), kehrten dann um und bogen ungeachtet der lodernden Flammen in die nach links führende Gasse ein. Mindestens ein halbes Dutzend der Tiere zahlte mit ihrem Leben dafür. Dennoch vertraute ich dem Instinkt der Tiere. Außerdem glaubte ich, dass wir es schaffen konnten, das Haus zu passieren, ehe die brennenden Dachbalken auf uns herabfielen oder das Gebäude einstürzte. Vielleicht würde es auf diese Weise wenigstens ein paar unserer Verfolger aufhalten. Oder ein paar von diesen Mistkerlen erschlagen.

Das tat es tatsächlich. Aber zuerst traf es das Mädchen Miriam an meiner Hand mit einem brennenden Strohbündel, das zwischen uns zu Boden stürzte, eine lodernde Guillotine, die mit einer Klinge aus Hitze und Licht die Verbindung zwischen uns durchtrennte, ihre Wange streifte und einen erheblichen Teil ihres schwarzen Haares versengte. Sie schrie erneut auf, schlug mit der freien Hand nach ihrem Gesicht und ihrem Haar, versuchte, ihre linke Hand loszureißen und damit ebenfalls nach der verletzten Stelle ihrer Haut zu greifen, zu schlagen oder was sonst auch zu tun, als ich sie sofort mit eisernem Griff packte und weiterzerrte. Wir hatten keine Zeit zum Leiden.

Hinter uns wurden entsetzte Schreie laut, als weitere brennende Strohbündel und Balken vom Dach hinab- und in die Menschenmasse hineinkrachten. Ich roch den süßlich intensiven Gestank von verbranntem Fleisch. Es musste viele erwischt haben, mindestens ein halbes, wenn nicht gar ein ganzes Dutzend. Doch der Rest ließ sich davon nicht beeindrucken, sondern setzte uns im Gegenteil noch wütender und entschlossener nach.

Die Meute holte auf. Immer öfter wurden wir nun von Steinbrocken und Holzstücken getroffen, die die Menschen nach uns schleuderten. Sie hatten weiter aufgeholt. Sie rannten eindeutig langsamer als wir, aber sie holten trotzdem auf!

»Bleib stehen, Miststück!« Eine helle Kinderstimme, schrill und von jener absoluten Bosheit erfüllt, die nur Kinder aufzubringen imstande sind. Kinder. Selbst die Kinder machten Jagd auf uns!

Und weil Kinder und Betrunkene meistens die Wahrheit sagen, erkannte ich in diesem Augenblick, dass wir tatsächlich in der Falle saßen. Die Gasse war mehr als nur eine Gasse – sie war eine Sackgasse. An ihrem Ende wurde sie von einem wuchtigen Gebäude begrenzt, das mit einem massiven Holztor verschlossen war. Anders als die meisten Häuser der mittelalterlichen Stadt war sein Dach nicht mit Strohbündeln, sondern mit Schindeln bedeckt, und es gab – zumindest zu dieser Seite hin – auch kein Fenster, keine Nebentür, einfach nichts.

Es war vorbei. Ich hätte dem Instinkt der Fledermäuse nicht trauen dürfen. Ich hatte keine Flügel.

Trotzdem rannte ich weiter, meine Begleiterin, die die Aussichtslosigkeit unserer Situation ebenfalls erkannt hatte und langsamer zu laufen versuchte, unbarmherzig immer weiter mit mir reißend. Wir durften nicht aufgeben! Niemals! Wir würden rennen bis zuletzt und unsere Haut so teuer wie möglich verkaufen!

Irgendetwas flog dicht über uns hinweg und zerstob in einem Feuerregen an der Wand, vielleicht ein Stein, irgendein gemeines Wurfgeschoss, vielleicht eine brennende Fledermaus. Der Himmel spie Feuer, und die Luft war jetzt auch hier so stickig und heiß, dass jeder Atemzug zur Qual wurde. Wir atmeten flüssiges Feuer.

»Bleib stehen, Miststück! Wir kriegen dich ja doch!«

Ich widerstand der Versuchung, mich umzusehen und damit kostbare Zeit zu verschwenden, aber ich wusste, dass sie wieder näher gekommen waren. Die Gasse war nicht sonderlich lang, aber selbst wenn sie nicht vor einem Tor geendet hätte, das massiv genug aussah, um dem Beschuss aus einem Schiffsgeschütz zu trotzen, hätten wir keine Chance gehabt. Sie würden uns einholen, lange bevor wir das Ende dieser brennenden Höllenschlucht erreichten. Ich musste aufwachen. Ich musste aus diesem verdammten Traum aufwachen, irgendwie!

Ein Ruck ging durch die Wirklichkeit (Wirklichkeit? – Haha), nur ein winziges Stocken, wie ein nicht vollkommen sauberer Schnitt in einem Film, den man nicht wirklich sieht, aber irgendwie doch spürt, und plötzlich waren Feuer und Rauch verschwunden und an ihrer Stelle spannte sich ein von dunklen Regenwolken verhangener Himmel über uns. Wir waren auch nicht mehr in Crailsfelden, jedenfalls nicht mehr in einem mittelalterlichen, brennenden Crailsfelden, dennoch aber von hohen Bruchsteinmauern und schindelgedeckten Dächern umgeben.

Es verging ein Moment, bis mir klar wurde, dass der Schnitt wohl doch drastischer gewesen war, als ich angenommen hatte, und dann noch ein zweiter, bis ich das neue Setting erkannte. Das Kloster! Wir befanden uns auf dem Burghof, fünfhundert Jahre und ebenso viele Meter von der brennenden Kulisse des ersten Aktes entfernt.

»Gib endlich auf! Du machst es nur schlimmer, Miststück!«

Die Stimme war so voller Bosheit und Hass, dass ich eine volle Sekunde wie gelähmt dastand, bevor ich die Kraft aufbrachte, mich herumzudrehen. Wir waren entkommen, aber nur der Kulisse, nicht den Akteuren. Wir hatten einen Teil unserer Verfolger mitgebracht.

Es waren jetzt nicht mehr so viele – vier, vielleicht fünf oder sechs –, und obwohl ich ihre Gesichter sonderbarerweise nicht erkennen konnte, spürte ich den Hass, der uns entgegenschlug, wie die Berührung einer eiskalten Hand. Die Gestalten waren klein, schmal und *schnell* – Kinder –, aber ich wusste dennoch, dass wir chancenlos gegen sie waren; Velociraptoren, die im Rudel jagten und selbst vor einem Tyrannosaurus nicht zurückschreckten. Nichts hatte sich geändert.

Ohne ein Wort fuhr ich herum und stürmte weiter. Aus der Gasse war der weitläufige Innenhof des ehemaligen Internats geworden, aber es gab dennoch nur einen einzigen Ausgang: das Tor, das am oberen Ende der Treppe lag. Es war ebenso verschlossen, wie das am Ende der brennenden Gasse.

Noch fünfzig Schritte. Vierzig. Dreißig …

Ich warf einen gehetzten Blick über die Schulter zurück. Die Raptoren waren näher gekommen. Sie schienen sich jetzt tatsächlich zu bewegen wie schlanke, tödliche Reptilien. Ich konnte ihre Gesichter noch immer nicht erkennen, aber sie waren schnell, unglaublich *schnell*. Wir hatten keine Chance!

Fünfundzwanzig. Zwanzig. Fünfzehn …

Die Fledermäuse über uns hielten inne, flatterten ein weiteres Mal auf der Stelle herum. Dann setzten sie in steilem Winkel zum Abflug an und schnellten geradewegs auf das Tor zu. Noch einen Moment und sie mussten daran zerschmettern, geflügelte Lemminge, die sich in einen Abgrund aus eisenbeschlagenem Holz stürzten.

Stattdessen schwangen die schweren Torflügel geschmeidig auf und gewährten den Tieren Einlass.

Ich bremste scharf ab, beobachtete die bizarre Szene mit ungläubig aufgerissenen Augen und offenem Mund und beschloss dann, mich später darüber zu wundern, was ich gesehen hatte (wenn es ein Später gab). Ich stürmte den Fledermäusen nach und durch das riesige Tor in das Gebäude hinein, in dem uns nichts als absolute Schwärze erwartete. Keine *Dunkelheit*. Schwärze. Die große Eingangshalle des Internats lag nicht im Dunkeln da, sondern war einfach verschwunden. Selbst das Licht, das durch den Eingang fiel, löste sich auf, als wäre dies das Tor zu einem so vollkommen fremden Universum, dass darin nicht einmal Licht und Dunkelheit existieren konnten, und plötzlich begriff ich, wie grausam ich mich getäuscht hatte. Dieses Tor war nicht die Rettung, sondern erst der Anfang des Schreckens. Was immer dahinter auf uns wartete, war ungleich entsetzlicher als alles, wovor wir bisher geflohen waren. Es war nicht der Weg hinauf in die Freiheit, sondern der Abstieg in eine weitere Ebene der Hölle. Dante hatte sich geirrt. Unter dem neunten Kreis der Hölle wartete ein weiterer. Und danach noch einer. Und noch einer. Doch so wenig, wie ich bisher in der Lage gewesen war, unseren Verfolgern zu entkommen, konnte ich jetzt anhalten. Die Torflügel schwangen weiter auf und verschlangen uns, um sich unmittelbar hinter uns ein weiteres Mal wie von Geisterhand in Bewegung zu setzen.

Keuchend hielt ich inne und wandte mich um. Die Dunkelheit war absoluter als alles, was ich jemals erlebt hatte, aber aus irgendeinem Grund konnte ich das Tor trotzdem sehen; vielleicht nicht einmal wirklich *sehen*, sondern nur auf eine andere, unheimliche Art wahrnehmen, die nichts mit den normalen menschlichen Sinnen gemein hatte, sodass es auch keine Worte gab, um sie zu beschreiben. Ich sah sie: geisterhaft wogende Umrisse in gespenstischen Farben, die dort lebten, wo sich das Tor befunden hatte. Aber es war kein Tor. Das war es nie gewesen.

Fledermausflügel. Die Torflügel hatten die Form von gewaltigen Fledermausschwingen!

Ich spürte, wie sich Miriams Hand so fest um meine Finger schloss, dass mir der Schmerz die Tränen in die Augen trieb. Ich wollte mich losreißen, aber es ging nicht. Ich war unfähig, mich zu bewegen, auch nur einen Muskel zu rühren oder in ihr Gesicht zu sehen.

»Warum tust du das?«, wimmerte Miriam. »Warum tust du mir das an?«

Das Tor ... *waberte*. Etwas begann hinter den gespenstischen Linien Gestalt anzunehmen, ein ... Unnatürlich laute Schritte hallten mir entgegen. Schemen einer weißen Gestalt. Kein Engel ...

Warum tust du mir das an?!

Mit einer gewaltigen Willensanstrengung riss ich mich vom Anblick dieses letzten, bedrohlichsten Verfolgers los und schlug mit einem keuchenden Schrei die Augen auf.

Einen Moment lang blieb ich liegen, versuchte, langsam und ruhig zu atmen, und wartete darauf, dass sich mein hämmernder Pulsschlag normalisierte. Ein Traum. Es war ein Traum gewesen, nichts als ein Traum. Ich hatte es gewusst, während ich geträumt hatte, und ich wusste es auch jetzt. Nichts Bedrohlicheres als ein Alptraum, beunruhigend, bizarr und erschreckend, aber letztendlich nicht mehr als ein paar Chemikalien, die mit den Synapsen in meinem Gehirn Reise nach Jerusalem spielten ... Was erwartete ich denn nach einem Tag wie diesem und vor allem in einer *Umgebung* wie dieser, verdammt noch mal?!

Es funktionierte nicht. Der Gedanke mochte logisch sein, aber Logik nutzte mir im Moment herzlich wenig, und das, was ich bisher immer als eher angenehm empfunden hatte – der kleine Trick, zu *wissen*, dass ich träumte, und damit eher ein Abenteuer als eine nächtliche Qual zu erleben –, erwies sich plötzlich als Bumerang. Ich hatte nicht das Gefühl, erwacht zu sein. Vielleicht hatte ich nur ein weiteres Tor durchschritten und war auf dem nächsten Level des höllischen Spiels angekommen.

Was für ein Unsinn!

Obwohl ich wusste, dass es mir wahrscheinlich nicht gut bekommen würde, setzte ich mich mit einem einzigen Ruck auf und zwang mich, die Augen zu öffnen und einen raschen Blick in die Runde zu werfen. Prompt wurde mir schwindelig, und das so schnell und heftig, dass ich um ein Haar von der Bettkante gefallen wäre. Aber immerhin: Das Zimmer war so schäbig und deprimierend, wie ich es in Erinnerung hatte, aber eben ein normales Zimmer. Keine Fledermaustüren, die in den Wahnsinn führten.

Ich wartete, bis die Dunkelheit hinter meinen Lidern aufhörte, Purzelbäume zu schlagen, was eine ganze Weile dauerte. Länger, als es dauern sollte. Aus dem Schwindelgefühl drohte Übelkeit zu werden. Ich hatte einen ganz leisen, aber Übelkeit erregenden Geschmack tief hinten in der Kehle, ein süßliches Aroma wie nach Erbrochenem, nur penetranter, *fremdartiger*, und einen Moment lang glaubte ich, etwas Scharfes, Stechendes zu riechen. Ammoniak? Seltsam.

Nach einer Weile öffnete ich zum zweiten Mal die Augen und schluckte gleichzeitig bittere Galle herunter, die sich in meinem Rachen gesammelt hatte. Das Zimmer blieb, was es war, aber die Übelkeit verging; wenn auch nicht vollkommen.

Erst dann fiel mir auf, dass ich allein war. Miriam (ich verbesserte mich hastig in Gedanken: Judith!), Judith war nicht mehr da. Ich konnte mich nicht erinnern, wann sie aufgestanden und gegangen war, aber allzu lange konnte es noch nicht her sein. Ich konnte ihren Geruch noch ganz schwach wahrnehmen, und die Erinnerung an die Zeit, bevor wir eingeschlafen waren, war noch sehr lebendig – und überraschend angenehm. Zu sagen, dass wir sensationellen Sex gehabt hätten, wäre übertrieben gewesen. Niemand konnte in einem Zimmer wie diesem, mit papierdünnen Wänden und zweifellos neugierig lauschenden, unerwünschten Verwandten im Nebenzimmer, etwas wirklich Sensationelles erwarten, schon gar nicht nach einem Tag wie dem, der hinter uns lag. Dennoch war ich überrascht. Judith war so ziemlich alles, nur nicht der Typ Frau, auf den ich stand, und ich hätte eher ein schales Gefühl erwartet, vielleicht etwas wie Verlegenheit oder gar schlechtes Gewissen. Aber ich hatte ein angenehmes Gefühl – und eine sonderbare Mischung aus Enttäuschung und vager Erleichterung. Enttäuschung, weil ich (fast zu meinem eigenen Erstaunen) gerne neben ihr aufgewacht wäre, aber auch Erleichterung, sie eben *nicht* neben mir liegen und mich mit besorgt gefurchter Stirn anblicken zu sehen, weil ich schweißgebadet und schreiend und vielleicht den Namen Miriam stammelnd aufgewacht war.

Miriam …

Einen Moment lang durchforstete ich angestrengt mein Gedächtnis, aber da war nichts. Wenn es einen

Grund gab, aus dem ich ausgerechnet auf diesen Namen gekommen war, dann war er so tief in meiner Erinnerung vergraben, dass ich nicht an ihn herankam. Vermutlich gab es keinen. Und *ganz bestimmt* war das, was ich im Moment tat, nicht besonders konstruktiv. Ich hatte einen Alptraum gehabt – einen von der ganz üblen Sorte, zugegeben –, aber nicht mehr als das, basta! Es brachte nicht besonders viel, wenn ich versuchte, ihn zu analysieren. Schließlich war ich kein Psychiater. Später, wenn das alles hier vorbei war und ich all die vielen schönen Millionen auf meinem Konto angehäuft hatte, konnten sich professionelle Gehirnklempner darum kümmern, wenn es wirklich nötig war, aber im Moment hatte ich wirklich Wichtigeres zu tun.

Zum Beispiel ins Nebenzimmer zu gehen und Judith zu wecken, um von ihr eine Zigarette zu schnorren.

*

Wie um mich nachhaltig daran zu erinnern, wie ungesund das Rauchen war, meldeten sich meine Kopfschmerzen mit einer stechenden Attacke zurück; nicht so schlimm, dass mir körperlich übel geworden wäre, aber schlimm genug, mich benommen taumeln zu lassen. Rasch ließ ich mich auf die Bettkante sinken, vergrub das Gesicht in den Händen und wartete mit geschlossenen Augen darauf, dass das pochende Hämmern verebbte oder wenigstens auf ein erträgliches Maß zurückging. Das geschah auch, und zwar in umgekehrter Reihenfolge und quälend langsam. Ich fühlte mich hinterher nicht wirklich besser; die Kopfschmerzen waren weg, aber sie hatten ein Gastgeschenk dagelassen – ein Gefühl leiser Übelkeit im Magen und einen Geschmack im Mund, als wäre ich gerade aus einem Fiebertraum erwacht.

Vielleicht war das ja die Erklärung. Zu behaupten, dass ich mich an diese verdammten Kopfschmerzen mittlerweile gewöhnt hätte, wäre nicht wahr – es gibt Dinge, an die *kann* man sich nicht gewöhnen, und heimtückische Migräneattacken gehören ganz eindeutig dazu –, aber die Schmerzattacken waren selten so heftig (und vor allem so *zahlreich*) gekommen wie heute und eigentlich waren sie sonst *nie* von Alpträumen begleitet. Wahrscheinlich hatte ich mir irgend so einen beschissenen Virus eingefangen: in der zugigen Bahn, auf der Taxifahrt hierher oder während der Expedition mit Carls Nato-olivfarbenem Friedenstaubenjeep hierherauf. Ja. Das musste die Erklärung sein. Sie machte es nicht besser, aber irgendwie doch erträglicher.

Was nichts daran änderte, dass ich mich erstens hundsmiserabel fühlte und zweitens das ziemlich sichere Gefühl hatte, so schnell nicht wieder einschlafen zu können. Ich sah auf die Uhr, aber auch das erwies sich im Nachhinein als keine wirklich gute Idee: Es war gerade elf vorbei – später Nachmittag, wenn ich meinen normalen Lebensrhythmus zugrunde legte –, und das bedeutete, dass mir mindestens noch sieben oder acht endlose Stunden bevorstanden, ehe die Nacht vorüber war und wir uns alle wieder unten in der Küche trafen. Preisfrage: Wie verbringt man acht Stunden in einem Geisterschloss, in dem es weder Fernseher noch Radio, Video- oder DVD-Player gibt und die Minibar aus einem leeren Sperrholzschränkchen besteht, das schon vor zwanzig Jahren begonnen hatte, aus dem Leim zu gehen? Antwort: Man langweilt sich zu Tode oder sucht sich Gesellschaft. Und das Wichtigste: Diese Gesellschaft war momentan im Besitz der einzigen Schachtel Zigaretten im Umkreis von mehreren Kilometern. Also beschloss ich, meinen begehbaren Kleiderschrank zu verlassen und mich auf die Expedition zu Judiths Zimmer zu machen. Sorgen darüber, dass ich sie wecken und mir damit möglicherweise ihren Zorn zuziehen könnte, machte ich mir nicht. Ich war ziemlich sicher, dass in dieser Nacht keiner von uns gut schlief; wenn überhaupt. Vermutlich hätte nicht einmal der Dalai-Lama in einer Nacht wie dieser ruhig geschlafen. Nicht wenn am nächsten Morgen die Entscheidung anstand, ob man als reicher Mann – und ich meine als wirklich *stinkreicher* Mann – oder frustriert, pleite und um eine Hoffnung ärmer nach Hause ging. Also trat ich an die Tür, streckte die Hand nach dem Griff aus und zögerte dann noch einmal, als mir etwas auffiel.

Auf dem wackeligen Nachttisch, der sich so schräg gegen das nicht minder wackelige Bett lehnte, dass man nicht sicher sein konnte, wer nun wen stützte und vor dem endgültigen Umfallen bewahrte, standen die rot-weißen Coladosen, die Judith früher am Abend für uns organisiert hatte. Vielleicht hätten wir die Dinger nicht bei dem zusehen lassen sollen, was wir anschließend getan hatten, denn ganz offensichtlich hatten sie sich vermehrt. Jetzt waren es drei.

Nachdenklich griff ich nach der dritten Dose und registrierte überrascht, dass sie nicht nur ungeöffnet, sondern auch eiskalt war. Auf dem lackierten Weißblech hatten sich winzige Wassertröpfchen gebildet, sodass ich das Ding kurzerhand dazu benutzte, meinem brummenden Schädel etwas Gutes zu tun, indem ich die Dose langsam über meine Stirn und dann abwechselnd über beide Schläfen rollte. Eine Wohltat; aber auch ein Rätsel, und nicht unbedingt ein *angenehmes.*

Drei Dosen? Während ich das Gefühl genoss, mit dem das eiskalte Metall über meine Haut glitt, dachte ich einen Moment angestrengt nach, ohne zu einem *wirklich* sicheren Ergebnis zu kommen – aber ich war doch *ziemlich* sicher, dass sie nur zwei Dosen mitgebracht hatte. Schließlich hatte ich ihr ja sogar leichtsinnigerweise versprochen, den nächsten Raubzug in die finsteren Küchengewölbe Burg Frankensteins hinab zu übernehmen, um Nachschub zu holen.

Was nichts anderes bedeutete, als dass jemand hier gewesen war. Judith?

Mittlerweile doch deutlich mehr beunruhigt, als ich zugeben wollte, ließ ich die Coladose sinken und betrachtete das zerwühlte Bett. Wenn man bedachte, womit wir uns in der letzten halben Stunde die Zeit vertrieben hatten, war es eigentlich ein kleines Wunder, dass das ganze Ding nicht einfach zusammengebrochen war, aber der Anblick weckte auch noch einen anderen Gedanken in mir, und der war nicht annähernd so angenehm wie die Erinnerung an Judiths warme Haut unter meinen Lippen und das Kitzeln ihrer Haare an meinem Bauchnabel. Zumindest *ich* war hinterher praktisch sofort eingeschlafen, und ich vermutete, Judith ebenfalls. Wenn jemand hereingekommen war und uns Arm in Arm liegend im Bett gesehen hatte …

Albern! Meine neu gewonnene *Familie* war mir

herzlich egal, und es konnte mir *erst recht* egal sein, was die anderen von mir dachten oder über mich redeten.

Nachdenklich hob ich die Coladose wieder vor das Gesicht und starrte sie an, als müsste ich es nur lange genug tun, um alle Antworten von ihr zu bekommen, die ich haben wollte. Und tatsächlich blitzte für den Bruchteil einer Sekunde ein Bild vor meinem inneren Auge auf, aber es verschwand zu schnell, um es wirklich zu erkennen. Alles, was zurückblieb, war ein ungutes Gefühl und vielleicht die *Ahnung* einer Erinnerung an etwas Großes, Kuppelartiges, unter dem ich mich bewegt hatte, verfolgt von bizarren Schatten und schlagenden Flügeln ...

Natürlich war es nur die Erinnerung an den verrückten Alptraum, den ich gehabt hatte. Was sonst?

Strafend musterte ich die Getränkedose in meiner Hand. »Nun sag schon, Schätzchen«, sagte ich leise. »Wer hat dich hierher gebracht?«

Nein, die Coladose antwortete nicht – aber dafür kam ich mir plötzlich noch hilfloser und verrückter vor als bisher. Ich stand tatsächlich mitten in der Nacht, nur in Unterhose, T-Shirt und einer Socke da und *sprach mit einer Dose Cola!* Und da machte ich mir Sorgen, ob jemand hereingekommen war und Judith und mich nebeneinander im Bett liegend gesehen hatte?

»Also gut.« Ich bedachte die Dose mit einem neuerlichen strafenden Oberlehrer-Stirnrunzeln, stellte sie neben ihre beiden geleerten Schwestern auf den Nachttisch und verschränkte demonstrativ die Arme vor der Brust. »Wenn du auf stur schaltest, dann trinke ich dich eben nicht. Selbst Schuld. Dann werd doch schal!«

Hoch erhobenen Hauptes und stolz wandte ich mich ab, bückte mich nach meiner zweiten Socke und schaffte es irgendwie, sie auf einem Fuß hüpfend und in weniger als fünf Minuten anzuziehen, und das sogar, ohne auf die Nase zu fallen. Pullover und Jeans gingen ein wenig schneller, aber aus irgendeinem Grund fand ich meine Schuhe nicht. Schließlich entdeckte ich sie im hintersten Winkel unter dem Bett. Wie waren sie dahin gekommen? Um sie zu bergen, hätte ich auf dem Bauch unter meinem Bett herumrutschen müssen und dann wieder aufstehen … Ich dachte an den Schwindelanfall von vorhin. Nein, so was brauchte ich nicht! Also verließ ich das Zimmer auf Socken. Schließlich waren es nur ein paar Schritte bis zu Judiths Suite.

Draußen war es vollkommen dunkel. Irgendwo am anderen Ende des Flurs, ungefähr ein halbes Parsec entfernt, glomm zwar eine 5-Watt-Birne, aber der schmutzig gelbe schwammige Schein schien die Dunkelheit ringsum eher noch zu vertiefen; Beute, die eine ganze Armee hungrig wimmelnder Finsternisdämonen anlockte. Der Gedanke klang verrückt, aber ganz genau das war das Bild, das mir in diesem Moment durch den Kopf schoss. Und das war nicht alles. Waren da Stimmen? Ein lautloses, hechelndes Flüstern, gerade an der Grenze des nicht mehr wirklich Hörbaren, aber dennoch *da*, und etwas wie schlurfende Schritte, als käme etwas heran, etwas Großes, Fauliges, was sich mühsam, aber auch ebenso unaufhaltsam heranschleppte …

Verrückt. Normalerweise neigte ich eigentlich nicht zu solch morbiden Gedanken, aber auch diesmal war es wortwörtlich das, was mir durch den Kopf ging. Dieser unheimliche Alptraum schien ein paar Alien-Eier in meinem Unterbewusstsein abgelegt zu haben, die jetzt nach und nach aufplatzten und ihre hässliche Brut freigaben. Es wurde wirklich langsam Zeit, dass ich aus diesem Spukschloss herauskam.

Oder zumindest aus diesem Flur. Ich brauchte eine Zigarette, und vielleicht konnten Judith und ich ja auch da weitermachen, wo wir vorhin aufgehört hatten ... möglicherweise die beste Art, die Nacht in dieser verdammten Ruine herumzukriegen.

Ich ging weiter, tastete mich mehr zur nächsten Tür, als dass ich wirklich etwas sah, und zögerte noch einmal, bevor ich die Hand nach der Klinke ausstreckte. Mein Kopf war zwar voll mit den verrücktesten Gedanken, aber zum Ausgleich hatte ich plötzlich Schwierigkeiten, mich an die banalsten Kleinigkeiten zu erinnern – hatte Judith gesagt, dass sie im Nebenzimmer untergebracht war? Vermutlich. Mit ziemlicher Sicherheit sogar. Aber *mit ziemlicher Sicherheit* hieß nicht *bestimmt,* und die Vorstellung, vielleicht ins falsche Zimmer zu platzen (und möglicherweise auch im falschen Moment – wer sagte mir denn, dass Judith und ich als Einzige auf die Idee gekommen waren, sich gemeinsam ein wenig die Zeit zu vertreiben?), war mir so peinlich, dass ich das Ohr gegen das Holz der Tür legte, um einen Moment zu lauschen. Nicht dass es weniger peinlich gewesen wäre, wenn in diesem Moment einer der anderen auf den Flur herausgetreten wäre und mich gesehen hätte ...

Erneut hatte ich dieses unheimliche Gefühl des Beobachtetwerdens, und diesmal war es so intensiv, dass ich erschrocken herumfuhr und instinktiv die Arme hob, um mich im Zweifelsfall zu verteidigen. Aber natürlich war da nichts, wogegen ich mich hätte wehren können. Ich war allein mit der Dunkelheit hier draußen. Da war nichts, was sich herangeschlichen und zum Sprung geduckt hätte. Die einzigen Monster, die es hier gab, stammten aus meinem eigenen Unterbewusstsein. Schöne Grüße aus der Twilight-Zone, und einen guten alten Bekannten haben wir auch noch mitgebracht: Meine Kopfschmerzen waren wieder da, nicht mehr so unerträglich wie vorhin, aber von jener ganz bestimmten Art, die keinen Zweifel daran lässt, dass sie nicht wieder vergehen würden. Stöhnend rieb ich mir mit Daumen und Zeigefinger der rechten Hand über die Augen – nicht dass es irgendetwas genutzt hätte, außer dass ich hinterher für einen Moment noch weniger sah –, drückte dann die Klinke herunter und trat ein, ohne angeklopft zu haben. Wenn ich schon in eine peinliche Situation geriet, dann sollte es sich schließlich auch lohnen.

Die Tür schwang alles andere als lautlos auf, sondern knirschte wie das Vorzeigerequisit aus einem alten Hammer-Film, und obwohl es draußen auf dem Flur fast vollkommen dunkel war, sickerte doch genug graues Licht herein, um meinen eigenen Schatten mit einem absurd verzerrten Arm nach dem Bett greifen zu lassen. Hammer-Film, die Zweite. Anscheinend hatte dieser verdammte Traum nicht nur ein oder zwei Mitbringsel dagelassen, sondern ein ganzes Eierpaket wie das einer Spinne, das jetzt aufplatzte und nach und nach hunderte winziger, hässlicher Monster freiließ, die fröhlich durch meine Gedanken wuselten.

Das Zimmer war leer. Die Einrichtung war ungefähr genauso luxuriös wie die meines Appartements nebenan, nur dass das Bett völlig unberührt war; Laken und Decke so stramm gezogen, wie sie der letzte Bewohner dieses Raumes vor zwanzig oder fünfundzwanzig Jahren zurückgelassen hatte. Das Kabuff roch genauso muffig und alt wie mein eigenes Zimmer und vor dem schmalen Dachfenster lastete dieselbe wattige Dunkelheit. Für einen winzigen Moment glaubte ich, etwas darin zu erkennen; eine flatternde Bewegung, die nicht da sein sollte und auch zu schnell verschwand, als dass ich ganz sicher sein konnte, ob ich sie wirklich gesehen oder mir nur eingebildet hatte: vielleicht eine von Judiths Fledermäusen, vielleicht auch nur ein Schatten, den die Spinnen in meinen Gedanken warfen. Ich sah nicht noch einmal hin. Judith war nicht hier, und so wie der Raum aussah, schien sie auch nicht hier *gewesen* zu sein. Das war sonderbar, denn mittlerweile war ich *hundertprozentig* sicher, dass sie mir vorhin erzählt hatte, sie hätte das benachbarte Zimmer. Vielleicht hatte ich mich einfach in der Richtung geirrt?

Ich trat wieder auf den Flur hinaus, schloss die Tür so leise hinter mir, wie ich es konnte – aus irgendeinem Grund schien mir das plötzlich ungemein wichtig, als hätte ein Teil von mir mit einem Male Angst, irgendetwas zu wecken, was lautlos und unsichtbar irgendwo in der Dunkelheit hinter mir lauerte –, und sah mich um. Irgendetwas … war anders, aber ich konnte nicht sagen, was.

Vielleicht das Licht der Glühbirne? Irgendwo in dieser Ruine musste es einen Generator geben, der sie mit Strom versorgte; aber bei der Pflege, die Carl dieser Bruchbude angedeihen ließ, hätte es mich auch nicht weiter gewundert, wenn das Notstromaggregat jeden Augenblick den Geist aufgegeben hätte. Ich blickte einen Moment konzentriert in die entsprechende Richtung, kam aber dann zu einem eindeutigen *Nein* als Antwort. Die Glühbirne spendete ohnehin kaum nennenswertes Licht. Etwas weniger Strom und sie würde *Dunkelheit* verströmen.

Ich spürte, wie sich die feinen Härchen in meinem Nacken aufrichteten. Der bloße *Gedanke*, in diesem alten Gemäuer bei völliger Dunkelheit herumzutappen, war beklemmend und ganz und gar *nicht* komisch. Nicht dass ich Angst vor Fledermäusen, der Dunkelheit oder gar Gespenstern oder irgendeinem anderen Unsinn gehabt hätte, schließlich war ich ein zivilisierter Mitteleuropäer mit guter Schulbildung, der noch dazu in den USA aufgewachsen war und genug populärwissenschaftliche Filme gesehen und entsprechende Bücher gelesen hatte, um die Gründe für diese Ängste zu kennen. Und ich war viel zu vernünftig, um mich ihnen zu ergeben. Viel zu vernünftig. *Eindeutig* zu vernünftig. Ganz bestimmt!

Wenn ich vor etwas Angst hatte, dann davor, im Dunkeln die Treppe hinunterzufallen und mir den Hals zu brechen. Alles andere waren nur völlig irrationale Ängste; die Ängste eines primitiven Wilden, der eine Bewegung aus den Augenwinkeln wahrnimmt und nicht weiß, ob es sein eigener Schatten ist oder vielleicht der eines großen, struppigen Dinges mit glühenden Augen und messerscharfen Zähnen. Nicht meine Ängste. Ich weiß schließlich, was ich bin!

Die Übung half; zumindest so weit, dass ich nicht zu pfeifen begann, als ich weiterging.

Ich hatte mich getäuscht. Das Licht drang nicht unter einer der Türen hier oben hervor, sondern kam von der Treppe. Irgendwo unten im Haus brannte Licht, und als ich einen Moment stehen blieb und lauschte, glaubte ich auch Stimmen zu vernehmen – oder zumindest ein undeutliches Murren, das Stimmen *sein* konnten. Erfüllt von einer Mischung aus Verwirrung und einer zwar grundlosen, aber allmählich stärker werdenden unguten Ahnung, ging ich weiter, stieg die Treppe hinab und begann die weitläufige Eingangshalle zu durchqueren, in der mir ein breiter, dunkelgelber Lichtstreifen geradewegs den Weg zur Küche wies. Das Murmeln wurde deutlicher und war nun eindeutig als Stimmen zu identifizieren. Was hatte ich erwartet?

Die Steinfliesen, mit denen die Halle ausgelegt war, waren jetzt eiskalt; vor allem unter meinen nackten Fußsohlen. Ich verfluchte mich dafür, vorhin in meinem Zimmer nicht ein paar Sekunden mehr auf die Suche nach meinen Schuhen aufgewandt zu haben; aber jetzt zurückzugehen, wäre albern gewesen.

Das Stimmengemurmel aus der Küche wurde plötzlich von einem schrillen Lachen unterbrochen. Ed – kein Zweifel. Aus den Augenwinkeln sah ich die Tür zum Innenhof. Irgendetwas an dem Bild war anders; genug, mich zwar nicht anhalten, aber doch etwas langsamer gehen und den Kopf drehen zu lassen. Die Tür stand sperrangelweit offen. Seltsam – ich war fast sicher, dass wir sie vorhin hinter uns geschlossen hatten. Vielleicht war ja Carl noch einmal nach draußen gegangen, um irgendetwas zu holen oder zu erledigen. Vielleicht hatte auch einer der anderen nur Luft geschnappt und vergessen, die Tür wieder hinter sich zu schließen.

Die Gespräche in der Küche verstummten ebenso schlagartig wie Eds meckerndes Lachen, als ich eintrat, und alle Anwesenden – es waren tatsächlich *alle* – wandten die Köpfe oder drehten sich auf ihren Stühlen herum, um mich anzustarren. Auf eine Art, die mir nicht gefiel.

»Hallo«, sagte ich – nicht unbedingt die intelligenteste Begrüßung, die denkbar gewesen wäre, aber die einzige, die mir im Moment einfiel. »Gibt es … irgendeinen Grund für dieses Mitternachtstreffen?«

»Klar«, griente Ed. »Wir haben auf dich gewartet. Ich hatte die Hoffnung schon aufgegeben, dass du noch kommst. Aber jetzt sind wir ja wieder alle vereint, wie es sich für eine große, glückliche Familie gehört.« Sein Grinsen wurde noch breiter. »Willkommen im Club der Träumer.«

Ich schenkte ihm einen schrägen Blick, beschloss, das Einzige zu tun, was mir sinnvoll erschien, und seine Worte kurzerhand zu ignorieren, und steuerte den freien Platz neben Judith an. Erstaunlicherweise wich sie meinem Blick aus – was nichts daran änderte, dass sie einen durch und durch hinreißenden Anblick bot; obwohl Ellen ganz bestimmt nicht zufällig zwei Schritte hinter ihrem Stuhl stand und nichts anderes tat, als einfach nur fantastisch auszusehen, und das auf eine Art, die jedermann erkennen ließ, dass sie es wusste. Sie trug einen knapp sitzenden, dunkelrot gemusterten Pyjama, der keinen Millimeter Haut sehen ließ, der Fantasie aber dafür umso mehr Nahrung gab, und sie hatte irgendetwas mit ihrem Haar gemacht, was es zu einer nicht wirklich erloschenen roten Flamme werden ließ, die sich über ihre Schultern ergoss. Rothaarige Hexe oder nicht, sie war eine wirklich *schöne* Frau und ich war schließlich auch nur ein Mann.

Trotzdem ging diese Runde eindeutig an Judith. Es war kein fairer Kampf. Neben Ellen hätte einfach jede andere Frau ausgesehen wie Aschenputtel, und um in Ellens eigener Terminologie zu bleiben: Vielleicht wäre Miss Superweib nicht schlecht beraten gewesen, sich männliches Revierverhalten etwas genauer anzusehen. Einen wehrlosen Gegner niederzuknüppeln brachte keine Ehre, sondern dem Verlierer eher das Mitleid und die Sympathien der Zuschauer.

Nicht dass es nötig gewesen wäre: Judith trug jetzt ein langes, seidenes Nachthemd, das kaum mehr von ihrer Haut sehen ließ als Ellens Schlafanzug, dennoch aber irgendwie den Eindruck erweckte, als *wäre* es durchsichtig, und hatte das Haar zu einem Wirrwarr hochgesteckt, den sie vermutlich einfach nur als praktisch empfand, ich selbst aber außergewöhnlich hinreißend. Trotzdem wäre Pummelchen (ich nahm mir vor, dieses Wort auch in Gedanken nicht mehr zu benutzen, zum einen war es unfair, und zum anderen bestand durchaus die Gefahr, dass es mir irgendwann aus Versehen herausrutschte), wäre *Judith* nicht Judith gewesen, wäre sie nicht auch immer gut für einen Stilbruch. Über ihrem zweifellos mit großer Sorgfalt ausgesuchten Nachthemd trug sie ein aufgeknöpftes Herrenhemd. *Mein* Hemd.

Darüber hinaus fiel sie in ihrem Aufzug allerdings nicht weiter auf. Auch ich selbst war ja mehr aus- als angezogen, und Ed hatte sich in Boxershorts, ein um mindestens zwei Nummern zu großes Axelshirt Marke Bruce Willis und kniehohe weiße Socken geworfen, selbstverständlich aber nicht einmal jetzt auf seinen albernen Cowboyhut verzichtet, und um das Maß voll zu machen, trug er eine Kette um den Hals, an der zwei Erkennungsmarken aus Blech hingen, wie sie Soldaten trugen. Stefan war kaum weniger flüchtig angezogen – Bermuda-Shorts, T-Shirt und Turnschuhe, nur dass dieses Outfit bei ihm passend aussah, und Maria … war eben Maria. Sie trug einen unscheinbaren Blümchenpyjama und darüber einen ausgefransten alten Morgenmantel, der wie ein Beutestück aus einer längst vergangenen Beziehung ausgesehen hätte – hätte man sich vorstellen können, dass sie irgendeine Art von Beziehung haben könnte … Ihr Haar war in Unordnung, und so müde, wie sie aussah, erweckte sie ganz den Eindruck, zu jenem pflichtbewussten Teil der Bevölkerung zu gehören, der stets vor Mitternacht in die Kiste steigt, um dann mit den Hühnern wieder aufzustehen. Oder vor ihnen, um sie zu wecken.

»Konntest du auch nicht schlafen?«, fragte Ed, der endlich auch begriffen hatte, dass ich ihm nicht den Gefallen tun würde, auf seine Bemerkung von vorhin einzugehen.

»Ich hatte Kopfschmerzen«, antwortete ich.

»Und da bist du heruntergekommen, weil es hier ja zweifellos einen gut sortierten Medikamentenschrank gibt – verstehe«, stichelte Ed.

Wider besseres Wissen setzte ich zu einer scharfen Antwort an, aber Ellen kam mir zuvor. »Ich kann dir ein Aspirin geben«, sagte sie.

»Gern.« Aspirin. Eine wunderbare Idee. Während der letzten Minuten hatte ich meine Kopfschmerzen beinahe vergessen, aber das hieß nicht, dass sie nicht *da* waren. Ich schenkte Ed, der Judith und mich abwechselnd mit anzüglichen Blicken musterte, einen bösen Blick, drehte mich dann demonstrativ auf dem Stuhl herum und griff nach Judiths Hand.

Ihre Reaktion überraschte mich. Sie sah auf und wirkte für einen Moment fast unangenehm berührt. Hatte ich irgendetwas falsch verstanden?

Bevor ich eine entsprechende Frage stellen und mich möglicherweise vollends zum Narren machen konnte, beugte sich Ellen zwischen Judith und mir hindurch, um ein Glas Wasser auf den Tisch zu stellen, womit sie den Blickkontakt zwischen uns unterbrach – und vermutlich nicht unbeabsichtigt.

»Habe ich ... irgendetwas verpasst?«, fragte ich.

»Maria glaubt, etwas gehört zu haben«, sagte Stefan.

Ich kramte einen Moment in meinem Gedächtnis. Wenn ich mich nicht sehr täuschte, dann hatte Maria das Zimmer neben Judith. Ich konnte mir ungefähr vorstellen, was sie gehört hatte, und wappnete mich innerlich gegen einen von Eds dummen Sprüchen. Zu meiner Überraschung schwieg er, nur sein Grinsen wurde noch breiter. Sollte ich das Rennen machen und als Sieger aus dieser absurden Geschichte hervorgehen, dann würde ich dem Kerl die Fresse polieren, sobald die Entscheidung gefallen war.

Wenn nicht, vermutlich auch.

»Und?« Ich drehte mich auf dem Stuhl herum, um Maria anzusehen. Sie hockte mit angezogenen Beinen auf ihrem Stuhl und hatte beide Knie mit den Armen umschlungen. Sie ging nicht so weit, auf dem Stuhl vor- und zurückzuschaukeln, aber sie sah sehr erschrocken aus, und in ihrem Blick war eine Leere, die mir einen kalten Schauer über den Rücken laufen ließ.

Ellen ließ eine große, weiße Tablette in das Wasserglas neben mir fallen und beobachtete, wie sie in Millionen feiner Luftbläschen explodierte. »Hast du gut geschlafen?«

Judith lächelte verschwörerisch. Sie wusste ja, unter welchen Umständen ich eingeschlafen war; und ich hatte das sichere Gefühl, nicht nur sie ... Ich spürte, wie mir das Blut in die Wangen schoss. Rot werden wie ein verknallter Teenager hatte gerade noch gefehlt. Ich wartete auf einen vernichtenden Kommentar von Ed, aber seltsamerweise ließ er auch dieses Mal eine Gelegenheit verstreichen.

Ich nahm einen Schluck aus dem Glas, ehe ich antwortete. Ich schmeckte erst, dass es *kein* Aspirin war, als die bittere Flüssigkeit bereits meine Kehle hinabrann. Aber was immer es auch war, es tat seine Wirkung. Die Flüssigkeit konnte meinen Magen noch gar nicht wirklich erreicht haben, aber der dumpfe Druck in meinem Kopf nahm bereits ab. Ich nahm einen weiteren, noch größeren Schluck, verzog – demonstrativ – das Gesicht und leerte das Glas dann mit einem einzigen Zug. In Ellens Augen blitzte es amüsiert auf, aber sie verbiss sich zu meiner Erleichterung jeden Kommentar, sondern nahm mir nur das Glas aus der Hand und stellte es wortlos auf den Tisch zurück. *Braver Junge.*

»Gut geschlafen?« Ich schüttelte vorsichtig den Kopf. »Nicht besonders, wenn ich ehrlich sein soll.«

»Das hätte mich auch gewundert«, sagte Ed.

»Niemand von uns hat das«, fügte Ellen beinahe hastig hinzu. Ich sah sie nicht an, aber ich konnte den ärgerlichen Blick, den sie Ed zuwarf, regelrecht spüren. »Maria war nur die Erste, die aufgewacht ist.«

»Aufgewacht woraus?«, fragte ich.

»Aus dem Traum«, antwortete Ed. »Aus *unserem* Traum, um genau zu sein, Schlaukopf.«

»Ed, bitte!«, seufzte Ellen. Sie warf Ed einen ärgerlichen Blick zu und beugte sich dann wie zufällig wieder zwischen Judith und mir hindurch, diesmal, um nach einer Packung West zu greifen, die auf dem Tisch lag, und sich eine Zigarette anzuzünden. »Du hattest einen Alptraum. Habe ich Recht?«

Bevor ich antwortete, griff ich ebenfalls nach der Schachtel, bediente mich und ließ mir von Ellen Feuer geben. »Und?«

Ellen lächelte zuckersüß. »Ich wette, du hast von dieser Burg geträumt und etwas hat dich in diesem Traum verfolgt.«

Die blauen Augen der anderen durchbohrten mich regelrecht mit Blicken. Erst jetzt fiel es mir auf: Sie alle hatten blaue Augen. Leuchtend klare, himmelblaue Augen ... so wie ich. Aber wir scheinen ja auch alle miteinander verwandt zu sein, versuchte der rationale Teil meines Verstandes mich zu beruhigen. Außerdem spielte es im Moment *wirklich* keine Rolle.

Ellen blies eine Rauchwolke in meine Richtung. »Du wurdest gnadenlos gehetzt. Und da war Feuer ... Du bist zur Burg hinaufgeflohen. Allein ... ausgeliefert diesem blutgierigen Mob ... und dann war da diese Tür.«

»Woher weißt du das?«, fragte ich fassungslos. Automatisch starrte ich Judith an, erntete aber nur ein angedeutetes Achselzucken, und Ed sagte grinsend: »Keine Sorge – du sprichst nicht im Schlaf. Und wenn doch, hat sie wenigstens nichts davon erzählt.«

Ich war so verwirrt, dass ich nicht einmal darauf

reagierte, sondern mich nur wieder an Ellen wandte. »Was ... was soll das alles?«

»Also?«, fragte sie. »Habe ich Recht?«

»Woher weißt du das?«, fragte ich noch einmal.

»Sie weiß es«, antwortete Maria an Ellens Stelle, »weil wir alle diesen Traum hatten. Ganz genau denselben.«

»Das ist ein Scherz«, sagte ich. Ich versuchte zu lachen, aber es misslang kläglich. Fast Hilfe suchend wandte ich mich an Judith, aber ich erntete auch von ihr nur ein stummes Kopfschütteln.

»Keinem von uns ist im Moment nach Scherzen zumute, Kleiner«, sagte Stefan.

»Aber das ist doch völlig unmöglich«, widersprach ich. Noch vor zehn Sekunden hätte ich meine Seele für einen Zug aus einer Zigarette verkauft; jetzt vergaß ich sogar, dass ich eine brennende Zigarette zwischen den Lippen hatte, verschluckte mich prompt an dem bitteren Rauch und bekam einen Hustenanfall. Ellen zog verächtlich die Brauen zusammen und Eds schadenfrohes Grinsen konnte ich regelrecht hören. Judith schlug mir zwei- oder dreimal mit der flachen Hand zwischen die Schulterblätter; nicht dass es irgendetwas half, aber nach dem letzten Schlag ließ sie die Hand in meinem Nacken liegen, wo sie ein zwar durchaus angenehmes, in diesem Moment aber ebenso unwillkommenes Kribbeln auslöste. Es fiel mir schwer, ihren Arm nicht ganz instinktiv abzustreifen, zumal in Ellens Augen ein neues, ganz unzweifelhaft *spöttisches* Glitzern entstand. Andererseits – warum nicht? Vermutlich war ich ohnehin der Einzige hier im Raum, der sich ernsthaft eingebildet hatte, dass *nicht* jedermann wusste, unter welchen Umständen ich eingeschlafen war.

»Nun mal langsam«, sagte ich, nachdem ich wieder halbwegs zu Atem gekommen war – und einen weiteren Zug aus meiner Zigarette genommen hatte, der um ein Haar den nächsten Hustenanfall auslöste. »Also wir hatten alle einen Alptraum. Das ist ungewöhnlich, aber andererseits ...« Ich sah mich Beifall heischend um. »Wir alle hatten einen stressigen Tag. Und dazu noch dieses Spukschloss.«

»Du meinst also, wenn wir dasselbe geträumt haben, liegt es daran, dass wir heute einen stressigen Tag hatten und alle dieselben traumatischen Erfahrungen gemacht haben.« Maria spähte mich über den Rand einer großen Teetasse an, die sie wie einen Schutzschild dicht vor ihr Gesicht hielt. Sie stellte die Frage in einem Tonfall, dem man deutlich anmerkte, wie verzweifelt sie auf eine zustimmende Antwort wartete; und nicht allein von mir.

»So ungefähr«, bestätigte ich.

»Du hörst anscheinend nicht richtig zu, Schätzchen«, sagte Ellen. Judith warf ihr einen ärgerlichen Blick zu, den Ellen aber natürlich ignorierte. »Wir hatten nicht *alle einen Alptraum*. Wir haben *alle dasselbe geträumt. Exakt* dasselbe.«

»Das ist vollkommen unmöglich«, antwortete ich impulsiv. Und außerdem stimmte es nicht. Ellen hatte nichts von Miriam erwähnt. *Warum tust du mir das an?*

Ellen verdrehte demonstrativ die Augen. Sie trat einen Schritt zurück, betrachtete stirnrunzelnd die Zigarette, die sie in der Hand hielt, und nutzte die Gelegenheit, sich erneut zwischen Judith und mir hindurchzubeugen und die Zigarette mit so vollkommen übertriebener Kraft in den Aschenbecher zu rammen, dass die Funken flogen.

»Gehen wir die Sache doch einfach mal analytisch an«, sagte sie. »Wildes Herumspekulieren bringt hier nichts. Sortieren wir einmal die Fakten.« Ihr Blick wanderte langsam von einem zum anderen. Wir alle sind angeblich miteinander verwandt, haben uns aber noch nie zuvor gesehen oder auch nur voneinander gehört.«

»Und was hat das mit unserem Traum zu tun?«, fragte Maria.

»Nichts, Schätzchen«, erwiderte Ellen lächelnd. »Oder auch alles. Ich versuche nur, die Fakten aufzuzählen. Vielleicht gibt es ja einen gemeinsamen Nenner.«

»Psychologie für Anfänger«, flüsterte Judith. »Erstes Kapitel, erster Absatz.«

Sie hatte *wirklich* leise gesprochen, aber Ellen hatte ihre Worte dennoch gehört. Für den Bruchteil einer Sekunde blitzte etwas in ihren blauen Augen auf, was ich nur noch als puren Hass bezeichnen konnte. Aber natürlich hatte sie sich augenblicklich wieder in der Gewalt.

»Um das ein für alle Mal klarzustellen«, sagte sie, beherrscht und lächelnd, aber dennoch eine hörbare Spur kühler als bisher, »ich bin Chirurgin, keine Psychologin. Ich halte von diesen Gehirnklempnern genauso wenig wie ihr. Mich interessieren Fakten und sonst nichts.«

»Chirurgin?« Maria wirkte überrascht.

»Genau«, antwortete Ellen zuckersüß. »Ich schneide gern, weißt du, Liebes?«

Und wahrscheinlich brauchte sie nicht einmal ein Skalpell dazu, dachte ich. Ihre Zunge war scharf genug. Vorsichtshalber sprach ich das nicht aus. Es war auch nicht wirklich nötig.

»Also noch einmal von vorne«, fuhr Ellen fort. Ihr Blick ruhte unangenehm lange und durchdringend auf mir. »Noch vor ein paar Stunden hat keiner von uns den anderen gekannt, obwohl wir doch angeblich miteinander verwandt sind. Andererseits – wenn man uns so ansieht, lässt sich eine gewisse Ähnlichkeit im Phänotypus nicht leugnen.«

»Phänotypus«, wiederholte Ed.

»Verwandtschaft«, erklärte Ellen. Diesmal verdrehte sie etwas mehr die Augen. »Familienähnlichkeit, wenn dir dieses Wort lieber ist, Ed*uard.*«

Ed grinste nur noch breiter und sah abwechselnd von Ellen zu Maria und wieder zurück. »So richtig ähnlich sehen wir uns ja eigentlich nicht.«

»Gott sei Dank!«, murmelte Judith.

Ellen schüttelte seufzend den Kopf. »Ich finde schon«, sagte sie. »Für einen Wissenschaftler zählen manchmal andere Dinge als der erste, offensichtliche Eindruck, wisst ihr? Wir alle haben zum Beispiel blaue Augen.« Sie sah zu Judith hin. »Und fast alle sind blond.«

»Wenn dir das schon reicht, dann bin ich noch mit etwa fünf Millionen anderen in diesem Land verwandt«, entgegnete Judith patzig. »Ich dachte, wir wollten die Ebene der wilden Spekulationen verlassen und uns mit Fakten beschäftigen.«

»Und was hat das alles mit unserem Traum zu tun?«, fragte Maria. Sie schüttelte heftig den Kopf. »Dass sechs Leute fast identische Träume haben … Ich bin keine Wissenschaftlerin, aber ich sehe auch, wenn irgendwas nicht mit rechten Dingen zugeht.«

»Das ist vermutlich das Schlossgespenst.« Ed ließ wirklich keine Gelegenheit aus, sich zum Narren zu machen. Niemand reagierte auf ihn.

»Und dann noch diese Kopfschmerzen«, fuhr Maria fort. *Kopfschmerzen?* Ich löste mich instinktiv aus Judiths Umarmung und richtete mich ein wenig weiter auf, um Maria fragend anzustarren.

»Seit wir in dieser gottverlassenen Ruine angekommen sind, bekomme ich immer wieder Migräneattacken«, bestätigte sie. Sie schien meinen Blick richtig zu deuten. »Du etwa auch?«

Ich nickte. »Ja, aber das heißt nichts. Ich bin mit Migräneattacken groß geworden. Allerdings sind sie schlimmer, seit wir hier sind.« Und häufiger.

»Stress«, konstatierte Ellen. »Das ist nicht außergewöhnlich. Migräne und Stress vertragen sich nicht besonders gut.«

»Möglich«, sagte Stefan. »Aber da ist noch etwas.« Er schien einen Moment nach den richtigen Worten zu suchen. Als er weitersprach, klang er anders. So als wäre ihm das, was er sagte, selbst unangenehm. »Das Gefühl, dass einem die Sache irgendwie vertraut vorkommt. Ich weiß, es klingt verrückt, aber seit ich hier angekommen bin, habe ich dauernd das Gefühl, das alles schon einmal erlebt zu haben.«

»Glaub mir, mein Großer – ich *wüsste*, wenn wir uns schon einmal gesehen hätten«, stichelte Ed.

Stefan ignorierte ihn. »Ich habe das Gefühl, schon einmal hier gewesen zu sein«, beharrte er. »Ich meine: Ich *weiß*, dass ich noch nie hier war, weder in diesem Ort noch in diesem Gebäude. Und zugleich …« Er brach ab und hob hilflos die Schultern.

»*Déjà-vu*«, sagte Ellen beckmesserisch. »So was kommt vor. Es gibt sogar eine wissenschaftliche Erklärung dafür.«

»Ach?«, fragte Judith.

»Interessiert sie euch?« Miss Allwissend wartete die Antwort natürlich gar nicht erst ab, sondern verschränkte die Arme vor der Brust und fuhr in nun eindeutig schulmeisterlichem Ton fort: »Im Grunde ist es ganz einfach. Das menschliche Gehirn besteht aus zwei Hälften, die zwar im Prinzip eine Einheit bilden, dennoch aber weitgehend unabhängig voneinander arbeiten. Manchmal kommt es vor, dass die eine Hälfte ein Ereignis aufnimmt und bereits als Erinnerung abspeichert, während die andere noch dabei ist, es zu verarbeiten. Und schon hat man das Gefühl, etwas schon einmal erlebt zu haben. Ist im Grunde ganz simpel.«

»Ich finde es ziemlich blödsinnig«, murmelte Ed.

»Ja, das habe ich mir gedacht«, antwortete Ellen. »Ich sage ja auch nicht, dass es hier so war. Es ist nur *eine* Möglichkeit. Die andere –«

»*Was* ist nur eine Möglichkeit?« Von Thuns Stimme bewahrte uns nicht nur vor einem weiteren hochwissenschaftlichen Vortrag, sondern schnitt auch so unangenehm in meine Gedanken, dass ich erschrocken herumfuhr und den Alten geschlagene zehn Sekunden so erschrocken anstarrte, als wäre er das leibhaftige Schlossgespenst, von dem wir gerade gesprochen hatten.

Dabei war an ihm in diesem Moment noch viel weniger Erschreckendes als vorhin. Ganz im Gegenteil: Der Alte wirkte buchstäblich wie die Karikatur des mittellosen Adeligen aus einem Fünfzigerjahre-Spielfilm: Er trug einen abgetragenen roten Morgenmantel mit aufgesticktem Wappenschild auf der Brusttasche, darunter einen gestreiften Pyjama, der irgendwann in den Fünfzigern (des *vor*letzten Jahrhunderts) vielleicht einmal als chic gegolten haben mochte. Den krönenden Abschluss bildeten ausgelatschte Filzpantoffeln, aus denen beängstigend zerbrechlich wirkende Knöchel herausstachen.

»Darf ich fragen, was dieser Volksauflauf zu bedeuten hat?«, fragte von Thun mit einer Stimme, der noch immer ein Echo vergangener Macht innewohnte. Eigentlich mehr die Stimme eines Lehrers, dachte ich, der es gewohnt war, dass man auf ihn hörte. Vielleicht war dieser sonderbare alte Kauz in Wirklichkeit mehr, als er zu sein vorgab. Zumindest etwas *anderes.* Das war nicht das Auftreten eines naiv altmodischen Anwaltsgehilfen, sondern –

»Na, was denkst denn du, Alterchen?«, fragte Ed grienend. Er machte eine wedelnde Handbewegung, die alle hier im Raum einschloss. »Wir konnten uns über die *Paarungen* nicht einigen, die sich aus den Klauseln dieses bescheuerten Testaments ergeben.«

»Wie bitte?« Von Thun blinzelte verständnislos.

»Na, ist doch klar«, sagte Ed feixend. Er deutete auf Ellen. »Wir alle wollten natürlich mit der coolen Ellen in die Kiste hüpfen. Da mussten wir Jungs uns entscheiden, ob wir die Beute mit 'ner Runde Flaschendrehen verteilen oder ob wir es auf die altmodische Art auf dem Burghof mit Fäusten austragen.«

»Das entspricht zwar nicht ganz den Tatsachen, aber ein Teil davon gefällt mir«, sagte Stefan ruhig. Er stand auf, bevor Ed Gelegenheit zu einer weiteren dämlichen Bemerkung bekam, und trat einen Schritt zur Seite, um einen weiteren der billigen Plastikstühle heranzuziehen. »Nehmen Sie doch Platz. Einen Kaffee?«

»Kaffee?« Von Thun blinzelte, wirkte für einen Moment noch verwirrter und hilfloser als bisher und zog dann eine altmodische Taschenuhr an einer dünnen Goldkette aus seinem Morgenmantel. Ein hörbares *Klick* erscholl, als er den Deckel aufklappte. »Um diese Zeit? Um Gottes willen, es ist fast Mitternacht, wissen Sie das eigentlich?«

»Ich hoffe, wir haben Sie nicht geweckt«, sagte Judith rasch. »Wir waren doch nicht zu laut?«

»Ich konnte ohnehin nicht schlafen«, behauptete von Thun. »In meinem Alter braucht man nicht mehr so viel Schlaf, wissen Sie? Trotzdem sollten Sie sich zurückziehen. Immerhin haben Sie alle morgen einen anstrengenden Tag vor sich.«

Er sah uns der Reihe nach an und schien darauf zu warten, dass wir aufspringen und sofort gehorsam in unsere Zimmer eilen würden. Als das nicht geschah, wirkte er enttäuscht, vielleicht sogar ein bisschen verärgert.

»Vielleicht ist das ja gerade der Grund, aus dem wir nicht schlafen können«, antwortete Judith. »Wir sind natürlich ... ein bisschen aufgeregt, wie Sie sicherlich verstehen können.«

»Selbstverständlich«, antwortete von Thun – in einem Ton, der mehr als deutlich machte, dass er uns ganz und gar *nicht* verstand. »Ich schlage aber trotzdem vor, dass Sie dieses Mitternachtstreffen beenden und sich zurückziehen.« Sein Blick löste sich von Judiths Gesicht und irrte auf eine Weise durch den Raum, als suche er nach etwas ganz Bestimmtem – nein, falsch. Er *befürchtete*, etwas ganz Bestimmtes zu sehen, was aber offensichtlich nicht geschah.

Warum eigentlich?, fragte Ellens Blick. *Willst du nicht, dass wir irgendetwas Bestimmtes herausfinden?* Sie sprach diese Worte nicht laut aus, aber den Reaktionen der anderen nach zu schließen war ich nicht der Einzige, der sie irgendwie trotzdem hörte. Vielleicht bewegten sich unsere Gedanken auch alle in die gleiche Richtung.

Aber es war seltsam: Nicht nur Maria, sondern nach einem kurzen Moment auch Judith und schließlich sogar Ed erhoben sich gehorsam von ihren Stühlen, und schließlich beobachtete ich fast erstaunt, wie ich selbst als Letzter aufstand, meine Zigarette in den Aschenbecher drückte und dann auch noch ordentlich meinen Stuhl zurückschob. Von Thun mochte aussehen wie eine Witzfigur – und sich vermutlich auch ganz bewusst alle Mühe geben, diesen Eindruck noch durch sein Benehmen zu verstärken –, aber er strahlte eine Autorität aus, der nicht einmal Ellen etwas entgegenzusetzen hatte. Vielleicht wollte sie es auch gar nicht.

»Bitte verstehen Sie mich nicht falsch«, sagte von Thun. »Es steht mir natürlich nicht zu, Ihnen irgendwelche Vorschriften zu machen, aber Sie alle brauchen morgen wirklich einen klaren Kopf.« Er suchte einen Moment sichtlich nach Worten und fuhr mit einem angedeuteten und alles andere als überzeugend wirkenden Lächeln fort: »Darüber hinaus ist es nicht ganz ungefährlich, sich im Dunkeln hier im Haus zu bewegen.«

»Weil uns das Schlossgespenst in den Hintern beißen könnte?«, fragte Ed.

»Das Gebäude befindet sich in keinem besonders guten Zustand«, antwortete von Thun vollkommen ernst. »Ich würde Ihnen nicht empfehlen, auf eigene Faust auf Erkundung zu gehen. Nicht dass es *wirklich* gefährlich wäre, aber man muss ja kein überflüssiges Risiko eingehen, nicht wahr?«

»Wie zum Beispiel das, uns unbeobachtet zusammen in einem Zimmer sitzen zu lassen?«, flüsterte Judith. »Hat er Angst, dass wir irgendetwas herausfinden?«

»Nein, junge Dame, das habe ich nicht«, antwortete von Thun indigniert. »Ich möchte nur nicht, dass Ihnen etwas zustößt. Sie wollen doch den vielleicht wichtigsten Tag Ihres Lebens nicht mit einem gebrochenen Bein im Krankenhaus verbringen, oder?«

Judith fuhr sichtlich zusammen und auch ich starrte von Thun einen Herzschlag lang mit offenem Mund an. Judith hatte *geflüstert.* Sie stand so dicht neben mir, dass ich ihr Parfum riechen konnte, und trotzdem hatte ich ihre Worte eher erraten als wirklich verstanden. Von Thun schien buchstäblich Ohren wie ein Luchs zu haben.

»So ... so habe ich das auch nicht gemeint«, stammelte Judith. »Ich wollte ... eigentlich nur sagen, dass –«

»Vielleicht sollten wir wirklich tun, was Herr von Thun uns rät, und schlafen gehen«, fiel ihr Ellen ins Wort. »Wir sind alle müde und entsprechend gereizt. Ein paar Stunden Schlaf tun uns sicher gut. Morgen früh sieht die Welt bestimmt schon ganz anders aus.« Sie lächelte ihr unerschütterliches Lächeln, während sie das sagte, aber der Blick, mit dem sie Judith streifte, war beinahe beschwörend. Vermutlich hatten Ellen die gleichen Worte auf der Zunge gelegen wie die, die Judith laut ausgesprochen hatte, aber diesmal gab ich ihr Recht: Irgendetwas stimmte mit diesem angeblichen Anwaltsgehilfen nicht, aber wir würden es ganz bestimmt nicht herausfinden, solange er dabei war. Vielleicht waren wir besser beraten, wenn wir folgsame Kinder waren und brav ins Bett gingen, um uns später noch einmal zu treffen, sollte es nötig sein.

»Ich wollte wirklich nicht –«, begann von Thun, schien dann aber einzusehen, dass er die Situation nur noch peinlicher machen konnte, und brach mitten im Satz ab. Ed setzte dazu an, eine seiner überflüssigen Bemerkungen loszuwerden, aber dann fing er im letzten Moment einen warnenden Blick aus Ellens Augen auf und beließ es bei einem Achselzucken und einem schiefen Grinsen. Statt sich weiter zum Narren zu machen (falls das überhaupt noch ging ...), trat er wieder an den Tisch zurück, nahm den wuchtigen Handscheinwerfer auf, der darauf lag, und schaltete ihn ein. Der Strahl kam mir sonderbar blass und kraftlos vor, während er ihn herumschwenkte, aber als er die Lampe auf die offen stehende Tür hinter von Thun richtete, verwandelte er sich in ein gleißendes Lichtschwert, das die Dunkelheit draußen in der Halle teilte. Der Anblick hatte allerdings nichts Beruhigendes. Wie schon einmal hatte ich im Gegenteil das Gefühl, dass das Licht die Schwärze, die die Eingangshalle erfüllt, nicht wirklich vertrieb, sondern nur zu etwas anderem werden ließ; etwas, was mehr Substanz hatte, als es haben durfte, und in dem sich vielleicht etwas bewegte ...

Ich versuchte den Gedanken als so albern abzutun, wie er ja schließlich auch war, aber es gelang mir nicht wirklich; und darüber hinaus schien ich nicht der Einzige zu sein, dem es so erging. Marias Schultern sanken noch ein wenig weiter herab, als sie es ohnehin taten, und die Schritte, mit denen sie hinter Ed und Stefan in Richtung Tür ging, waren eindeutig zögernd, und auch Judith rückte noch dichter an mich heran und griff instinktiv nach meiner Hand. Ich entzog mich ihrem Griff – nicht weil mir ihre Berührung unangenehm war, sondern weil ich mir nach von Thuns Auftritt einfach albern vorgekommen wäre, Hand in Hand mit ihr brav wieder in mein Zimmer hinaufzugehen. Judith runzelte die Stirn und sah vielleicht auch ein bisschen verletzt aus, aber sie sagte nichts und rückte auch nicht weiter von mir weg. Spätestens wenn wir wieder im Zimmer waren, würde ich ihr mein Verhalten erklären.

Von Thun schlurfte als Erster aus der Küche und machte einen Schritt zur Seite, kaum dass er draußen in der Halle war – zweifellos aus keinem anderen Grund als dem, Ed und den anderen Platz zu machen, die sich deutlich schneller bewegten als er. Trotzdem hatte ich das verrückte Gefühl, dass er aus dem Licht floh, ein schmalschulteriger, böser alter Gnom aus einer anderen Dimension, dessen Element die Dunkelheit war. Ich verscheuchte den Gedanken und ging ein wenig schneller, sodass Judith und ich zwar als Letzte, aber dicht hinter den anderen die Küche verließen.

Etwas raschelte und Ed blieb erschrocken stehen und hob seine Lampe. Eine Sekunde lang zuckte der handdicke Lichtstrahl wie betrunken durch die Dunkelheit und für einen noch kürzeren Moment schien er irgendetwas zu streifen; zu schnell, um es wirklich zu erkennen, aber dennoch nicht schnell genug, um es nur zu einer Täuschung werden zu lassen. Etwas Kleines, seltsam taumelnd Fliegendes.

Judith stieß einen unterdrückten Schrei aus und klammerte sich instinktiv an meinen Arm und selbst Ellen fuhr deutlich erschrocken zusammen und hob mit einem Ruck den Kopf. »Was war das?«

»Nichts.« Ed stocherte mit dem Lichtstrahl hektisch in der Dunkelheit herum, aber das Flattern wiederholte sich nicht. Trotzdem … das Rascheln war immer noch da. Irgendetwas bewegte sich über uns durch die Dunkelheit.

»Meine Freunde, ich bitte Sie«, sagte von Thun. Seine Stimme war noch immer so dünn wie zuvor, aber in der fast vollkommenen Schwärze, die uns umgab, wurde sie zugleich auch zu etwas anderem, sonderbar Bedrohlichem. »Hier ist gewiss nichts, wovor Sie sich fürchten müssten. Allenfalls ein paar Fledermäuse.«

»Fledermäuse?« Judiths Stimme wurde zu einem schrillen Flüstern und ich hätte von Thun für diese letzte Bemerkung am liebsten den Hals umgedreht.

»Sie nisten drüben im alten Turm«, erklärte von Thun. »Manchmal verirrt sich eine von ihnen hier ins Haupthaus, aber ich kann Ihnen versichern, dass sie vollkommen harmlos sind.«

»Fledermäuse?« In Judiths Stimme zitterte nun eindeutig Panik. »Ich … ich hasse Fledermäuse«, krächzte sie. Sie klammerte sich fester an meinen Oberarm. Ihr Griff tat mittlerweile weh, und ich konnte selbst durch ihre Fingerspitzen hindurch fühlen, wie rasend ihr Puls ging.

»Sie dürften auch gar nicht hier sein«, antwortete von Thun. »Diese Tiere sind zwar harmlos, aber sie richten trotzdem eine Menge Schaden an, und ihre … *Hinterlassenschaften* sind nicht nur unappetitlich, sondern ganz gewiss auch nicht hygienisch.« Ich konnte sein unwilliges Stirnrunzeln regelrecht hören.

»Eigentlich dürften sie gar nicht hier drinnen sein. Ich habe strengste Anweisung gegeben …« Er brach mit einem ärgerlichen Schnauben ab, und ich konnte hören, wie er sich irgendwo in der Dunkelheit vor uns bewegte. »Da sehen Sie es – die Tür ist offen. Und dabei hatte ich strengste Anweisung gegeben, dass die Türen immer und unter allen Umständen geschlossen zu sein haben! Ich werde Carl gleich morgen früh einen strengen Verweis erteilen, mein Wort darauf.«

»Jetzt übertreiben Sie nicht«, maulte Ed. »Es ist schließlich nur eine Fledermaus, kein Vampir!«

Das war zweifellos scherzhaft gemeint, aber niemand lachte, und ich konnte spüren, wie Judith erneut zusammenfuhr und sich noch stärker an mich klammerte.

Ungefähr eine Sekunde lang. Dann erscholl das sonderbare Flappen und Rascheln erneut, nur näher diesmal, *fleischiger*, und im nächsten Augenblick schrie Judith gellend auf. Ihre Fingernägel gruben sich so fest in meinen Oberarm, dass ich warmes Blut über meinen Bizeps rinnen fühlte, und noch bevor ich in irgendeiner Form darauf reagieren konnte, riss sie sich los und stürzte, immer noch schreiend, davon. Instinktiv streckte ich die Hand nach ihr aus, griff ins Leere und verlor durch die neuerliche abrupte Bewegung beinahe das Gleichgewicht, sodass ich einen hastigen Seitwärtsschritt machen musste, um nicht auf die Nase zu fallen. Irgendwo links von mir ließ Ed ein unwilliges Grunzen hören und schwenkte seinen Scheinwerfer herum –

– und im nächsten Augenblick war Judith nicht mehr die Einzige, die schrie.

Von Thun hatte gelogen. Es *gab* Monster in diesem Schloss und eines davon war mit Zähnen und Klauen über Judith hergefallen.

Ed verriss mit einem erschrockenen Keuchen den Scheinwerfer, was das Licht in stroboskopischen kleinen Sprüngen herumhüpfen und den Anblick zu einem Ausschnitt aus einem bizarren Alptraum werden ließ. Etwas Schwarzes, Zappelndes hing in Judiths Haar, ein Fleisch gewordener Nachtmahr mit braunschwarzem Fell, seltsam flacher Nase, riesigen Ohren und langen, ledernen Schwingen, die wie wahnsinnig schlugen. Riesige rot glühende Augen starrten voller Mordlust und ich sah rasiermesserscharfe Krallen wie winzige, scharf geschliffene Skalpelle aufblitzen. Mein Herz schien auszusetzen und für die Dauer von einer oder zwei Sekunden schien die Zeit einfach stehen zu bleiben.

Dann brach der Bann. Ed hatte seine zitternden Hände endlich wieder weit genug unter Kontrolle, um den Scheinwerferstrahl genau auf Judith zu richten, mein Herz schlug endlich weiter, und aus dem blutsaugenden Vampir wurde wieder das, was er die ganze Zeit über gewesen war: eine Fledermaus, nicht einmal so groß wie eine Kinderhand, eher interessant als hässlich und hundertmal so erschrocken wie wir alle zusammen.

Judith schrie immer gellender, taumelte ziellos und schlug zugleich mit beiden Händen nach dem kleinen Flattertier, das sich offensichtlich mit den Krallen in ihren Haaren verfangen hatte. Sie hätte die winzige Fledermaus ohne Mühe abstreifen und davonschleudern können, aber sie wagte es nicht, sie wirklich zu berühren. Hysterisch schreiend rannte sie einen Moment lang ziellos herum und stürmte schließlich auf die offen stehende Tür zum Hof zu.

Und ich erwachte endlich aus meiner Erstarrung, zumindest weit genug, um krächzend Judiths Namen zu rufen und ungeschickt hinter ihr herzurennen.

»Judith! Um Gottes willen, bleib stehen! Es ist nur eine Fledermaus!«

Natürlich hörte sie meine Worte gar nicht, sondern geriet sichtlich mit jeder Sekunde mehr in Panik. Die Fledermaus ihrerseits flatterte immer heftiger mit den Flügeln, die bei jedem Schlag wie ledrige, dürre Hände in Judiths Gesicht klatschten, und versuchte sich loszureißen, aber ihre Krallen hatten sich im Haar verfangen; das einzige Ergebnis ihres verzweifelten Flatterns waren zwei dünne Rinnsale aus dunkelrotem Blut, die plötzlich über Judiths Stirn liefen.

»Bleib stehen! *Um Himmels willen, bleib doch stehen!*«

Judith rannte ganz im Gegenteil nur noch schneller, prallte, blind vor Panik, gegen den Türrahmen und schien die Treppe nach draußen mehr hinunterzustürzen als hinunterzulaufen, und wir alle – angeführt von von Thun, der absurderweise nicht nur die Führung übernommen hatte, sondern sich auf seine humpelnd unbeholfene Art eindeutig schneller bewegte als jeder andere – stürzten hinterher.

»Bleiben Sie stehen!«, schrie er. »Junge Dame, so bleiben Sie doch stehen! Es ist nur eine harmlose Fledermaus! Ich nehme sie weg!«

Judith blieb nicht stehen, sondern prallte nur ungeschickt mit der Hüfte gegen das steinerne Treppengeländer, fand wie durch ein Wunder ihr Gleichgewicht auch diesmal wieder und raste die Treppe hinab. Die Fledermaus hatte mittlerweile eine ihrer Krallen losgerissen und schlug noch verzweifelter mit den Flügeln. Ich konnte das Klatschen hören, mit dem ihre Schwingen Judiths Gesicht trafen. Ihre freie Klaue fuhr panisch durch die Luft und riss dünne, blutige Kratzer in Judiths Stirn.

»Nicht dorthin!« Von Thuns Stimme explodierte zu einem schrillen Kreischen, in dem blanke Todesangst zu hören war. *»Um Gottes willen, NICHT NACH RECHTS!«*

Es war zu spät. Judith hatte den Fuß der Treppe erreicht und wandte sich zielsicher genau in die Richtung, vor der von Thun sie gewarnt hatte, und in dem Sekundenbruchteil danach spürte ich wie in einer Art vorweggenommenem *Déjà-vu*, was geschehen würde.

Judith stolperte. Die Fledermaus riss in einer verzweifelten Kraftanstrengung auch ihre zweite Kralle los und flatterte mit einem schrillen Pfeifen davon, wobei sie ein ganzes Büschel von Judiths Haaren mitnahm. Judith schrie erneut und diesmal vor Schmerz auf, geriet endgültig aus dem Gleichgewicht und kämpfte mit wild rudernden Armen darum, nicht zu stürzen. Vielleicht hätte sie es sogar geschafft, aber da, wo sie hintreten wollte, war plötzlich nichts mehr, denn der Boden hatte sich unter ihr aufgetan, um sie zu verschlingen.

Judith schrie. Ihre Arme wirbelten wie die außer Kontrolle geratenen Flügel einer Windkraftanlage, während sie – absurd langsam, aber auch mit schrecklicher Unaufhaltsamkeit – weiter und weiter nach vorne kippte. Unter ihr war nichts mehr. Wo noch einen Herzschlag zuvor das uralte Kopfsteinpflaster des Hofes gewesen war, gähnte jetzt ein kreisrunder, bodenloser Abgrund, in den sie unweigerlich hineinstürzen würde.

Aber sie fiel nicht. Sie stürzte, drehte sich noch

im Fallen auf die Seite und griff verzweifelt mit ausgestreckten Armen nach einem Halt, der grausam nahe und doch unerreichbar weit weg war, und im buchstäblich allerletzten Moment war von Thun hinter ihr, warf sich nach vorne und rammte ihr die Handflächen in die Seite.

Der Stoß versetzte ihr genau das entscheidende bisschen Schwung, das sie rettete. Statt in den schwarzen Schlund zu stürzen, prallte sie dicht daneben auf den Boden, kreischte vor Schmerz und hatte trotzdem noch die Geistesgegenwart, den Schwung ihres eigenen Sturzes auszunutzen und weiterzurollen.

Von Thun hatte weniger Glück.

Noch während Judith wimmernd über das Kopfsteinpflaster rollte, prallte er mit so grässlicher Wucht auf den Rand des Schachtes, dass ich zu *hören* glaubte, wie seine altersschwachen Knochen zersplitterten. Er schrie nicht, sondern stieß nur einen sonderbaren, seufzenden Laut aus und war im nächsten Sekundenbruchteil einfach verschwunden.

Ich hatte endlich das Ende der Treppe erreicht, stürmte mit einem verzweifelten Zwischenspurt an Ed und Stefan vorbei und setzte mit einem einzigen Sprung über den Abgrund hinweg, der plötzlich da klaffte, wo eigentlich das fünfhundert Jahre alte Kopfsteinpflaster des Burghofes sein sollte; ein Sprung, den ich normalerweise niemals gewagt hätte. Dicht neben Judith fiel ich auf die Knie (so wuchtig, dass ich vor Schmerz aufstöhnte), beugte mich über sie und versuchte sie herumzudrehen.

»Miriam!«, keuchte ich. »Was ist mit dir?«

Sie schlug nach mir. Die Bewegung kam zu schnell

und zu unerwartet, sodass ihre Hand mit voller Wucht in mein Gesicht klatschte und mir zusätzlich die Tränen in die Augen trieb. Hastig richtete ich mich wieder auf, entging mit mehr Glück als Geschick einem zweiten Hieb und packte schließlich ihre Handgelenke. Judith schrie, bäumte sich auf und versuchte mit der schieren Kraft reiner Todesangst sich loszureißen. Dann, endlich, erkannte sie mich und hörte auf zu toben. Ich konnte regelrecht spüren, wie alle Kraft aus ihr wich. Statt weiter verzweifelt um sich zu schlagen, brach sie in meinen Armen zusammen und begann hemmungslos zu schluchzen.

»Ich bin es!«, sagte ich hastig. »Frank! Es ist alles in Ordnung, beruhige dich! Sie ist weg!«

»Es ... es tut mir Leid«, schluchzte Judith. Sie zitterte am ganzen Leib, und ich konnte die Hitze ihrer Tränen spüren, die an meiner Wange hinunterliefen. »Es tut mir Leid. Ich ... ich wollte nicht –«

»Das ist schon in Ordnung«, unterbrach ich sie. »Hör auf, dich zu entschuldigen.« Verdammt, genau genommen war sie die Einzige in dieser Ruine, die bisher so etwas wie menschliche Regungen gezeigt hatte. Wieso also *entschuldigte* sie sich dafür?

»Ich ... ich dachte ... es war so ...«

»Schon gut.« Ich legte ihr sanft den Zeigefinger über die Lippen und versuchte zu lächeln. Judiths Reaktion nach zu schließen schien es mir nicht sonderlich gut zu gelingen. Sie war blass wie die sprichwörtliche Wand und zitterte am ganzen Leib. Ich konnte spüren, wie ihr Herz raste.

»Bist du verletzt?«, fragte ich vorsichtig. »Ich meine: Kann ich dich einen Moment allein lassen?«

Judith nickte zögernd. Ihre Augen waren groß

und plötzlich fast schwarz vor Furcht. Sie hatte Todesangst ausgestanden und sie hatte sie noch immer. Trotzdem ließ ich nach einer weiteren Sekunde ihre Schulter los, richtete mich auf und drehte mich in der gleichen Bewegung herum.

Ellen, Stefan, Maria und Ed knieten hinter mir in einem asymmetrischen Kreis um das gut anderthalb Meter messende Loch, das sich im Burghof aufgetan hatte. Ed schwenkte seinen Handscheinwerfer hin und her und stocherte mit dem Lichtstrahl in die Tiefe, während Maria ununterbrochen von Thuns Namen rief. Behutsam ließ ich mich erneut auf Hände und Knie hinab und legte die letzten anderthalb Meter kriechend zurück. Abgründe waren noch nie mein Ding gewesen – vorsichtig ausgedrückt.

Was ich dann allerdings im hin und her tanzenden Licht des Handscheinwerfers erblickte, war kein Abgrund, der geradewegs bis zum Mittelpunkt der Erde hinabreichte, sondern ein kreisrunder, offensichtlich aus Beton gegossener Schacht, der nach allerhöchstens drei oder vier Metern in einem scharfen Knick endete. Verrostete Metallsprossen ragten aus dem rissigen Beton und ein muffiger, ganz sacht aber auch nach Verwesung riechender Lufthauch schlug mir entgegen.

»Herr von Thun!« Marias Stimme zitterte vor kaum noch unterdrückter Panik. »So antworten Sie doch! Was ist mit Ihnen?«

»Wahrscheinlich ist er tot, Schätzchen«, sagte Ellen. »Oder zumindest bewusstlos. Du kannst also aufhören, hysterisch herumzuschreien.«

»Ich habe nur –«

»Und sei es nur, damit wir seine Antwort auch

verstehen, *falls* er antworten sollte«, fuhr Ellen ungerührt fort. »Gute Idee?«

Maria schenkte ihr einen bösen Blick, hielt aber gehorsam die Klappe – trotz allem hatte Ellen eindeutig Recht –, und auch ich maß Miss Allwissend mit einem raschen Blick. Allerdings bereute ich es auch fast im gleichen Moment. Ihr Gesicht zeigte keinerlei Regung, bestenfalls eine Andeutung analytischer Neugier. Es mochte zwar verrückt sein, bestenfalls irrational, in einem Augenblick wie diesem, aber in diesem Moment hasste ich sie beinahe. Sie war nicht cool. Sie war unmenschlich.

»Der Schacht scheint hinter dem Knick kaum noch Gefälle zu haben«, sagte Stefan nachdenklich. »Vielleicht kann man hinuntersteigen.«

»Mit *man* meinst du dich?«, vermutete Ed. Er hob die Lampe und richtete den grellen Strahl direkt auf Stefans Gesicht, ließ den Scheinwerfer aber hastig wieder sinken, als er das Aufblitzen in Stefans Augen sah.

»Es sei denn, *du* willst es tun«, antwortete Stefan.

»*Niemand* wird in diesen Schacht steigen«, mischte sich Ellen ein. Eigentlich schade. Ein – nicht ganz so kleiner – Teil von mir hatte sich bereits mit dem Gedanken angefreundet, dass mir Stefan vielleicht die Mühe abnehmen würde, Ed die Fresse zu polieren. Aber was nicht war, konnte ja noch werden …

Ed arbeitete jedenfalls daran. »Ach?«, fragte er. »Wer hat dich eigentlich zum Anführer gemacht?«

»Die Vernunft«, antwortete Ellen gelassen. Sie machte eine Geste in den Schacht hinab. »Keiner von uns weiß, was dort unten ist. Vielleicht hat Stefan ja Recht, aber genauso gut kann es da unten zwanzig Meter senkrecht in die Tiefe gehen. Oder auch hundert.« Sie schüttelte heftig und auf eine Art den Kopf, die keinen Widerspruch mehr zuließ. »Selbst wenn von Thun noch lebt, ist ihm nicht damit geholfen, wenn wir *zwei* Verletzte bergen müssen.«

»Das mag sein«, antwortete Stefan. »Aber ich sehe trotzdem nach. Vielleicht liegt er dort unten und ist schwer verletzt.«

»Aber das ist doch –«, begann Ellen. Stefan brachte sie mit einem eisigen Blick zum Schweigen und Ed setzte wieder sein Idiotengrinsen auf.

»Und wenn du dich irrst?«, fragte Maria besorgt. »Ich … ich halte das für keine gute Idee. Wir sollten lieber Hilfe rufen. Da müssen Experten ran … Vielleicht … vielleicht die Feuerwehr oder … oder ein Rettungsteam.«

»Tolle Idee«, sagte Ellen verächtlich. »Leider funktionieren hier keine Handys. Dieses verdammte Tal ist ein einziges Funkloch. Nichts zu machen.«

»Und woher willst du das wissen?«, fragte Maria.

»Sie hat Recht.« Ich schüttelte bedauernd den Kopf. »Der Taxifahrer hat mir dasselbe erzählt. Nicht einmal der Radioempfang funktioniert hier richtig.«

»Ich steige hinab.« Stefans Stimme hatte nicht mehr den Tonfall einer Frage. »Macht euch keine Sorgen. Ich bin Freeclimber. Zwar ein bisschen aus der Übung, aber …«

»Gibt es eigentlich irgendetwas, was du nicht kannst?«, fragte Ed.

»Eine Menge.« Stefan ließ sich auf Hände und Knie herabsinken, drehte sich um und angelte mit dem Fuß nach der obersten Sprosse. »Dumme Sprüche ertragen, zum Beispiel. Sie haben mich aus dem SEK rausgeschmissen, weil ich meinen Vorgesetzten verprügelt habe, weißt du?«

Ellen lachte leise und auch ich konnte ein Grinsen nicht mehr ganz unterdrücken. Wahrscheinlich war das nicht wahr, aber Ed hatte die Botschaft verstanden und hielt die Klappe. Wortlos sah er zu, wie sich Stefan vorsichtig weiter über den Rand des Schachtes schob und den Fuß auf die zweite Eisensprosse setzte, die aus dem Beton ragte. Es knirschte hörbar und Stefan erstarrte für einen Moment. Ich ertappte mich dabei, wie ich diesen Muskelprotz beneidete. Für ihn schien die Welt ein viel einfacherer Ort zu sein als für mich. Ein Ort, an dem es keine Herausforderung gab, die er nicht meistern konnte.

Stefan verharrte noch eine weitere Sekunde vollkommen reglos, dann atmete er hörbar ein und tastete nach der nächsten Sprosse. Nach wenigen Augenblicken hatte er den Boden des Schachtes erreicht und tastete mit dem Fuß in den Bereich hinter dem Knick.

»Hier geht es schräg weiter«, sagte er. »Ziemlich steil. Da sind Sprossen, aber der Scheiß hier ist glatt wie Schmierseife.«

»Dann komm lieber zurück«, sagte Maria.

»Das wird schon gehen«, murmelte Stefan. Ich konnte mich täuschen, aber ich hatte das Gefühl, dass seine Stimme schon nicht mehr ganz so selbstsicher klang wie zuvor. Dennoch kletterte er entschlossen weiter und war nach zwei oder drei Sekunden vollends verschwunden.

»Mir gefällt das nicht«, sagte Maria besorgt. »Was, wenn er auch noch abstürzt?«

Ellen streifte sie mit einem verächtlichen Blick, sagte aber nichts, sondern richtete sich auf und sah sich mit gerunzelter Stirn um. »Mich würde viel mehr interessieren, wo dieses verdammte Loch mit einem Male herkommt.«

»Vielleicht ein alter Brunnenschacht?«, vermutete Ed.

»Den jemand sorgsam zugemauert hat?« Ellen schnaubte verächtlich. »Und sieh dir mal den Rand an, Superhirn.«

Ed schwenkte den Strahl seiner Taschenlampe gehorsam herum, und ich erkannte sofort, was Ellen gemeint hatte: Im Zentrum des grellweißen Lichtkreises war deutlich zu erkennen, *warum* Judith diese Falle vorhin so vollkommen übersehen hatte. Der Schacht war nicht nur mit drei Zentimeter dicken Brettern abgedeckt gewesen. Irgendjemand hatte sich die Mühe gemacht, schmale Scheiben aus dem Kopfsteinpflaster zu schneiden und die Schachtabdeckung damit zu pflastern. Ich verbesserte mich in Gedanken: Der Schacht war keine Fallgrube, sondern ein *Geheimgang*. Vielleicht irgendein uralter Fluchttunnel, der noch aus der Zeit stammte, als dieses Kloster als Raubritterburg gedient hatte.

Ich sah mich nach Judith um. Sie hatte sich aufgesetzt und blickte mit schreckensbleichem Gesicht in unsere Richtung, aber sie wagte es aus verständlichen Gründen nicht, näher zu kommen.

»Da hat sich aber jemand verdammte Mühe gegeben«, murmelte Ed.

Ein Knirschen drang aus der Tiefe herauf, einen halben Atemzug später gefolgt von einem Schrei und etwas, was wie ein unterdrückter Fluch klang. Etwas Metallisches stürzte in den Schacht hinab, schlug klirrend ein paar Mal gegen die Wände und war schließlich verschwunden.

»Stefan?«, rief Maria. Dann noch einmal und so laut, dass mir die Ohren klingelten: *»Stefan!«*

»Alles in Ordnung! Es ist nichts passiert!« Stefans Stimme klang ganz und gar nicht nach *alles in Ordnung*, aber immerhin konnte er noch antworten. Wir hörten ein Rumoren und Schleifen aus der Tiefe, und nur einen Augenblick später erschienen Stefans Hände hinter dem Knick, um nach den rostigen Metallsprossen zu tasten. Fluchend und vor Anstrengung keuchend arbeitete sich der Hüne weiter in die Höhe und zog sich schließlich mit einem Klimmzug über den Rand des Schachtes.

»Was ist passiert?«, fragte Maria erschrocken.

»Eine der Sprossen«, antwortete Stefan kurzatmig. »Sie muss durchgerostet gewesen sein. Sie ist einfach weggebrochen.« Er schüttelte den Kopf. »Das hat keinen Sinn. Da unten ist es pechschwarz und der ganze Scheiß besteht nur aus Rost. Da runterzuklettern wäre Selbstmord.«

»Sag ich doch«, sagte Ed triumphierend. Blödmann!

»Aber ich glaube, ich habe etwas gehört«, fügte Stefan hinzu.

»Von Thun?«

»Keine Ahnung«, gestand Stefan. »Ich bin auch nicht sicher. Aber es könnte ein Stöhnen gewesen sein.«

»Wenn er tatsächlich dort unten liegt, ist er garantiert schwer verletzt«, sagte Ellen. »Ein Mann in diesem Alter.« Sie schüttelte den Kopf. »Alte Knochen brechen wie Glas, wisst ihr?«

Ich ersparte es mir, ihr zu sagen, dass ich *gehört*

hatte, wie etwas in von Thun zerbrach. Wenn er tatsächlich noch lebte, dann war das ein kleines Wunder. Aber ich hatte meine Zweifel, dass dieses Wunder noch allzu lange vorhalten würde.

»Wenn ich ein Seil hätte – oder die entsprechende Ausrüstung …« Stefan klang eindeutig *schuldbewusst.*

»Haben wir aber nicht«, sagte Ellen. »Und selbst wenn: Du würdest ihn wahrscheinlich umbringen, wenn du ihn an ein Seil bindest und nach oben ziehst.«

»Dann suchen wir doch im Keller nach einem Eingang«, wandte Maria ein. »Irgendwo muss dieser Schacht doch hinführen. Da kommt man bestimmt auch auf einem anderen Weg hin.«

»Prima Idee«, sagte Ellen, »im Dunkeln durch diese Ruine zu stolpern und nach einem Eingang zu einem verborgenen Keller zu suchen.« Sie schüttelte den Kopf. »Das dauert viel zu lange.«

»Gut«, sagte Ed. »Immerhin wissen wir jetzt, was wir alles *nicht* können. Hat Miss Brain zufällig auch eine Idee, *was* wir tun sollen?«

Statt auf Eds hämischen Tonfall zu reagieren, richtete sich Ellen noch ein wenig weiter auf und sah sich mit gerunzelter Stirn um. Dann deutete sie in Richtung des Tores. »Carls Wagen.«

»Was soll damit sein?« Ed blickte ebenso wie alle anderen in die Richtung, in die Ellens ausgestreckter Arm wies. Carls Nato-olivfarbener Friedenstaubenjeep stand noch immer dort, wo wir ausgestiegen waren.

»Wenn sein Wagen hier ist, ist er vermutlich ebenfalls da«, sagte Ellen. »Suchen wir ihn. Vielleicht weiß er ja, wohin dieser Schacht führt.«

»Eine wunderbare Idee«, spöttelte Ed. »Ich meine, es kann ja höchstens zwei oder drei Stunden dauern, bis wir ihn in dieser Bruchbude finden.« Er grunzte abfällig. »Schnappen wir uns den Wagen und fahren runter nach Crailsfelden. Vielleicht hat ja irgendjemand in diesem Kaff wenigstens ein Telefon, das funktioniert.«

»Dafür brauchen wir Carl aber ebenfalls«, sagte Ellen. »Bevor du fragst: Ich habe zufällig *gesehen*, dass er den Schlüssel abgezogen und eingesteckt hat.«

»Wer braucht denn einen Schlüssel?«, griente Ed. »Der Wagen, den ich nicht knacken kann, ist noch nicht gebaut.« Warum überraschte mich das nicht?

Ellen anscheinend auch nicht, denn sie blickte Ed zwar verwirrt, aber keineswegs *überrascht* an. Sie dachte zwei, drei Sekunden lang angestrengt nach, und als sie schließlich nickte, wirkte sie nicht unbedingt überzeugt, sondern eher resigniert.

»Also gut«, sagte sie. »Machen wir beides. Frank und du, ihr fahrt runter ins Dorf, und wir anderen suchen Carl.«

Diesmal war ich es, der – wenn auch nur in Gedanken – die Frage stellte, wer zum Teufel Ellen eigentlich zum Anführer gemacht hatte. Irgendwie schien Ellen meine Gedanken auch zu erraten, denn sie warf mir einen kurzen, fast beschwörenden Blick zu, den ich erst nach einem Moment richtig deutete. Vielleicht war die Idee, Ed allein fahren zu lassen, nicht unbedingt die beste. Also gut … aber ausgerechnet *Ed* und ich?

»Komm schon, Dicker!« Ed sprang mit einer übertrieben federnden Bewegung in die Höhe, verlor auf dem rutschigen Kopfsteinpflaster prompt die Balance und wäre um ein Haar kopfüber in den Schacht gestürzt, hätte Stefan nicht im letzten Moment zugegriffen und ihn am Schlafittchen gepackt.

»Wenn ihr fertig seid mit Spielen, Jungs«, sagte Ellen, »können wir vielleicht weitermachen. Ich meine: Dort unten liegt möglicherweise ein Schwerverletzter, für den jede Sekunde zählt.«

Ed spießte sie mit Blicken regelrecht auf, war aber klug genug, nichts zu sagen – zumal Stefans Pranke noch immer wie zufällig auf seiner Schulter lag –, sondern riss sich nur mit einem trotzigen Ruck los und stiefelte in Richtung des Landrovers davon.

Ich folgte ihm nicht sofort, sondern ging die wenigen Schritte zu Judith zurück. Sie war noch immer so blass wie vorhin, und die Leere in ihrem Blick machte mir klar, dass sie von den Geschehnissen der letzten Minuten wahrscheinlich gar nichts mitbekommen hatte.

»Alles in Ordnung?«, fragte ich. Natürlich war *nichts* in Ordnung. Judith zitterte nach wie vor wie Espenlaub und ihr Gesicht war blutüberströmt und bot einen entsetzlichen Anblick. Vermutlich waren die Schrammen, die ihr die Fledermaus zugefügt hatte, nicht besonders schlimm. Aber Kopfverletzungen bluten immer stark, und ich hatte nicht vergessen, was von Thun über die *Hinterlassenschaften* der Fledermäuse erzählt hatte.

»Ellen sollte sich das besser einmal ansehen«, sagte ich.

»Nein!« Judith klang fast entsetzt. »Das … das ist nicht nötig. Wirklich.«

Ich schluckte die Antwort, die mir auf der Zunge lag, herunter. Ellen *würde* sich die Verletzungen ansehen, dafür würde ich sorgen, aber nicht jetzt.

Judith stand eindeutig noch unter Schock. »Ich fahre mit Ed runter ins Dorf«, sagte ich. »Wir müssen irgendwo Hilfe holen, aber ich schätze, dass wir schnell wieder zurück sind. Kann ich dich ein paar Minuten allein lassen?«

»Kein Problem«, antwortete Judith. Sie versuchte zu lächeln, aber es geriet eher zu einer Grimasse.

»Wirklich?«

»Geh ruhig«, erwiderte Judith. »Ich komme schon klar.« Sie fuhr sich nervös mit der Zungenspitze über die Lippen. »Nur –«

»Ja?«

Wieder suchte Judith sekundenlang nach den richtigen Worten. Als sie schließlich sprach, wich ihr Blick meinen Augen aus. »Wer … warum hast du mich … Miriam genannt?«

»Miriam?« Ich erschrak; mehr, als ich mir selbst eingestehen wollte.

»Vorhin, als ich … gestürzt bin«, sagte Judith, leise und stockend, aber dennoch mit fester Stimme. »Du hast mich Miriam genannt.«

»Du musst dich irren«, behauptete ich. »Ich kenne keine Miriam.« *Warum tust du mir das an?*

Judiths Blick machte es überflüssig, irgendetwas auf diese Behauptung zu erwidern. Ich hielt ihm auch nur noch eine Sekunde lang stand, dann drehte ich mich fast hastig herum und eilte mit so weit ausgreifenden Schritten hinter Ed her, dass es schon fast einer Flucht gleichkam.

Ed fummelte mit einem Stück Draht am Türschloss des Landrovers herum, als ich ihn erreichte. Ich konnte nicht genau sehen, was er tat, aber plötzlich hörte ich ein halblautes, schweres Klacken und die Tür schwang mit einem erbärmlichen Quietschen auf. Ed rutschte auf den Fahrersitz, beugte sich zur Seite und entriegelte die Beifahrertür.

»Der Herr haben ein Taxi bestellt?«, griente er.

Ich verzichtete auf eine Antwort, stieg in den Wagen und knallte die Tür übertrieben laut hinter mir zu. Ed griente unerschütterlich weiter, griff unter das Lenkrad und zerrte ein buntes Knäuel Kabel hervor. Ich konnte auch jetzt nicht wirklich erkennen, was er tat, aber es verging nur ein kurzer Moment, ehe der Motor des Landrovers mit einem schrillen Heulen ansprang.

»Na also!«, jubelte Ed. Er war erstaunlich schnell im Kurzschließen von Autos. Ich fragte mich, welchen Beruf er wohl ausübte. Aber eigentlich wollte ich es gar nicht so genau wissen …

Ed sah aus dem Fenster. »Fein, die Seitenspiegel sind noch angelegt. Dann verlassen wir mal mit Vollgas dieses verdammte Geisterschloss.«

Er setzte mit quietschenden Reifen zurück, zog mit einem brutalen Ruck die Handbremse an und ließ den schweren Wagen ebenso gekonnt wie angeberisch halb um seine Achse schlittern, bis er mit der Schnauze voran auf das Tor zeigte. Das war der Moment, in dem ich mich an den Sinn von Sicherheitsgurten erinnerte.

»Angst?«, grinste Ed. Vielleicht war ja jetzt der ideale Moment, mich an meine guten Vorsätze zu erinnern und ihm die Zähne einzuschlagen. Am besten, *bevor* er weiterfuhr. Stattdessen starrte ich ihn nur weiter an wie das berühmte hypnotisierte Kaninchen die Schlange. »Keine Sorge. Ich bin ein guter Fahrer.«

Dein Wort in Gottes Ohr, dachte ich und schloss den Sicherheitsgurt.

Ed kicherte, schenkte mir ein noch breiteres und diesmal *eindeutig* schadenfrohes Grinsen und trat das Gaspedal mit einem einzigen Ruck bis zum Bodenblech durch. Der Motor des Landrovers heulte gequält auf und die Reifen drehten auf dem nassen Kopfsteinpflaster im allerersten Moment durch. Dann griff das grobstollige Profil, und der Wagen schoss mit einem Ruck los, der anscheinend nicht nur mich überraschte. Ed riss erstaunt die Augen auf und klammerte sich ein wenig fester an das zerschrammte Lenkrad, aber er reagierte dennoch zehnmal schneller, als ich es jemals gekonnt hätte. Der Wagen schoss auf das Burgtor zu und für einen Moment wirbelten mir die Bilder aus meinem Alptraum von vorhin durch den Kopf: ein riesiges Tor, das mir entgegensprang, uralte hölzerne Flügel, die sich plötzlich in die gigantischen Schwingen einer noch gewaltigeren Alptraum-Fledermaus verwandelten, ein Monster, das mich verschlingen würde, mich und Miriam und –

Ed trat auf die Bremse, ließ den Wagen mit einem brutalen Ruck nach rechts und einen Sekundenbruchteil später mit einem noch härteren Ruck in die Gegenrichtung schleudern und brachte irgendwie das Kunststück fertig, das motorisierte Zweitonnengeschoss gegen alle Regeln der Physik und der Wahrscheinlichkeit nicht nur weit genug abzubremsen, sondern es auch genau auf Kurs zu halten. Wir zerschellten also nicht an der Seite des gemauerten Torbogens, sondern schossen präzise in das finstere Gewölbe hinein, ohne die steinernen Wände zu berühren, die auf beiden Seiten nur Zentimeter entfernt schienen. Ich schrumpfte regelrecht auf dem Sitz zusammen und klammerte mich gleichzeitig mit beiden Händen an dem Sicherheitsgurt fest, der sich schräg über meine Brust spannte.

»Was ist los mit dir, Kleiner?«, kicherte Ed. »Du hast doch nicht etwa Angst? Deinen Mangel an Vertrauen könnte ich glatt als Kränkung auslegen, weißt du?«

Selbst wenn ich fähig gewesen wäre, zu antworten – was ich nicht war –, wäre ich nicht mehr dazu gekommen. Der Landrover schoss, langsamer werdend, aber immer noch in geradezu selbstmörderischem Tempo, durch das Torgewölbe, passierte wie durch ein zweites, noch größeres Wunder auch die offen stehenden Torflügel, ohne daran zu zerschellen, und näherte sich dem jenseitigen Ende des Tunnels. Gerade als ich glaubte, wir hätten es geschafft, löste sich etwas Riesiges, Dunkles aus der Decke und fiel wie die Klinge einer schartigen Guillotine auf das Wagendach.

Zeit und Physik explodierten in einem einzigen, brodelnden Chaos aus Lärm, Schmerz, Entsetzen und reiner tobender Bewegung, als die nahezu zwei Tonnen Gewicht des Landrovers im Bruchteil einer Sekunde zum Stehen gebracht wurden. Irgendetwas traf den Wagen mit der Gewalt von Thors Hammer, drückte das Dach ein, schleuderte Ed und mich nach vorne und ließ die Windschutzscheibe in einem Hagel winziger rechteckiger Glasscherben nach innen explodieren. Die Gewalt, mit der ich in den Sicherheitsgurt geworfen wurde, presste mir die Luft aus den Lungen und ließ meinen Entsetzensschrei zu einem schrillen Quietschen werden, und tausend winzige rasierklingenscharfe Messer schnitten in mein Gesicht. Der Aufprall war so hart, dass ich trotz der Sicherheitsgurte das Bewusstsein verlor.

Allerdings nicht sofort. Zwischen dem Moment, in dem uns der Himmel auf den Kopf fiel, und dem, in dem ich ohnmächtig wurde, verging vielleicht nur der Bruchteil einer Sekunde, aber diese winzige Zeitspanne reichte vollkommen, um mir zu zeigen, dass Ed deutlich weniger Glück hatte als ich.

Er war *nicht* angeschnallt und die Wirkung war verheerend. Der Aufprall schleuderte ihn nach vorne, schmetterte seinen Brustkorb mit grausamer Wucht gegen das Lenkrad und ließ ihn mit haltlos pendelnden Armen wieder zurück in den Sitz stürzen, um ihn praktisch im gleichen Moment noch einmal und mit vielleicht noch größerer Wucht nach vorne zu schleudern. Ed klappte wie das berühmte Taschenmesser in der Mitte zusammen, prallte mit Stirn und Gesicht abermals auf das Lenkrad (diesmal so heftig, dass es *zerbrach*) und sackte dann in sich zusammen wie eine Marionette, deren Fäden vom Hieb eines *Katana*-Schwerts gekappt wurden.

Mir wurde schwarz vor Augen. Der Wagen zitterte und bebte noch immer, und noch während die Welt rings um mich herum rasch zu verblassen begann, ertappte ich mich bei dem durch und durch albernen Gedanken, mich darüber zu wundern, wieso dieser verdammte Motor eigentlich noch lief und warum ich immer noch das Klirren von zerbrechendem Glas hörte, das wie gefrorener Regen niederprasselte. Dann glitt ich endgültig in eine große, allumfassende Dunkelheit hinüber.

Das unwiderruflich Allerletzte, was ich sah, waren die handlangen Spitzen des Fallgatters, die wie rostige Drachenzähne durch das Wagendach bissen und sich erbarmungslos in Eds Nacken und Hinterkopf bohrten.

ENDE
des ersten Teils

Die Chronik der Unsterblichen

Transsylvanien im 15. Jahrhundert: Der junge Frederic überlebt als Einziger das grauenhafte Massaker, das die Inquisition in seinem Heimatdorf anrichtet. Der Schwertkämpfer Andrej, dem die heimtückische Tat einzig und allein galt, sucht den Jungen auf und nimmt ihn mit auf die Jagd nach den Mördern. Doch schon bald hegt Frederic einen furchtbaren Verdacht: Ist dieser Mann, der fast unbeschadet durchs Feuer gehen kann und schwerste Verletzungen mühelos übersteht, etwa mit dem Teufel im Bunde?

Wolfgang Hohlbein
Band 1: Am Abgrund
Roman